GLI
ANGELI
DELLA
CREAZIONE

Una Storia Sull'inizio del Nostro Mondo

GERALD P. CURRAN

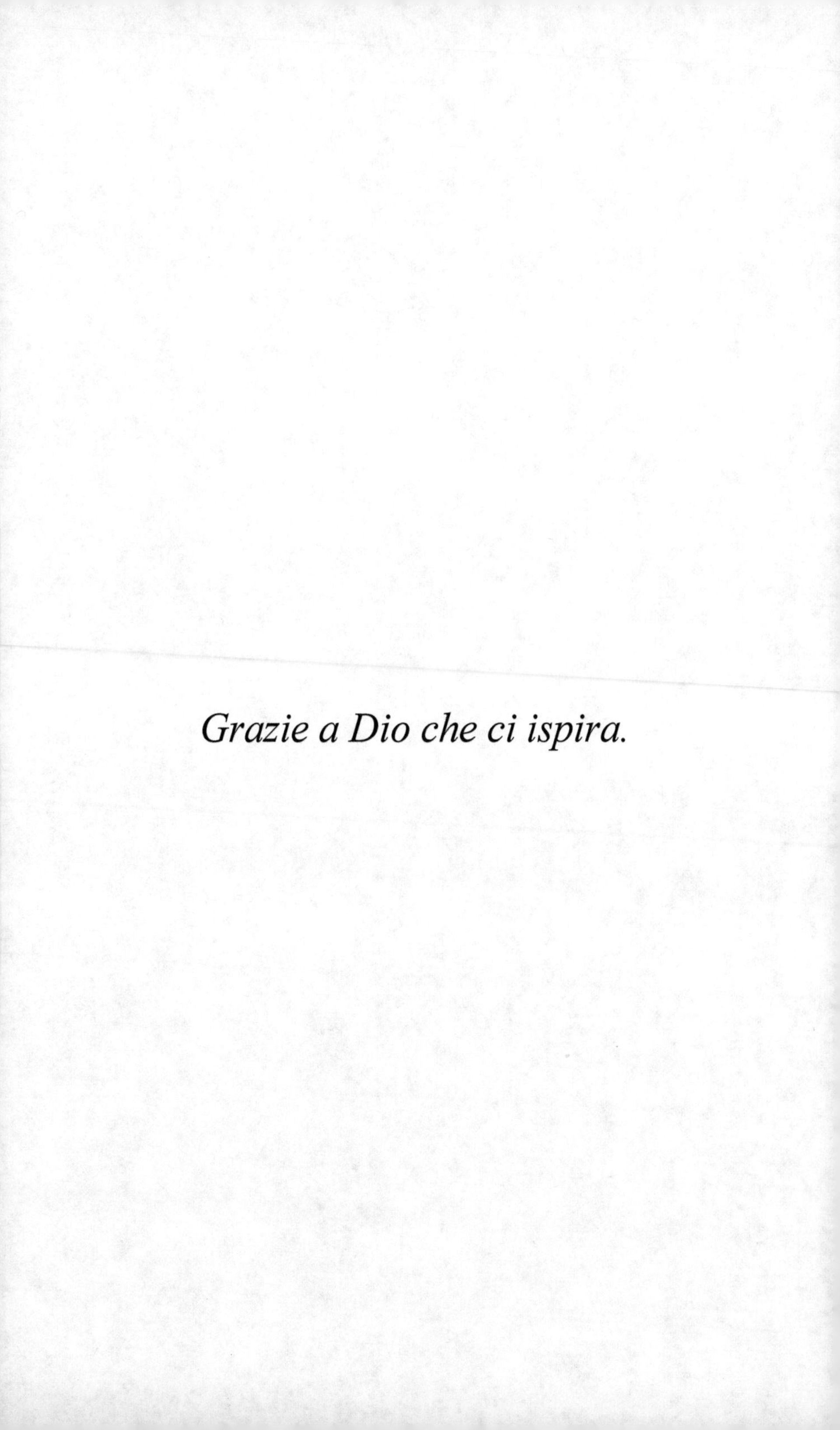

Grazie a Dio che ci ispira.

CONTENUTI

PROLOGO

Per generazioni, gli scienziati si sono confrontati con le idee sulle nostre origini. Hanno sviluppato numerose teorie, come l'evoluzione, la selezione naturale e un universo in espansione infinita. Il reverendo Georges Lemaitre, belga, ha presentato la sua teoria sull'origine dell'universo, a volte chiamata teoria del Big Bang. La professoressa Rebecca Cann, genetista dell'Università di Los Angeles, ci ha proposto la possibile identità della nostra prima madre. Entrambe le teorie ci invitano a pensare al nostro mondo in modi nuovi. Potremmo ricordarle mentre ripercorriamo le avventure raccontate nei capitoli di questo libro.

1 - MARTE FA NOTIZIA

Era appena uscito dalla cucina quando udì: "Incidente con vittime su Marte..."

Incuriosito dalla parola Marte, Edoardo Esposito ascoltò gli altri titoli. Ma Edoardo Esposito avrebbe dovuto ripensare alla notizia di Marte più tardi, perché stava andando al lavoro. Chiamò sua figlia, che quel giorno lo avrebbe accompagnato:

"Vieni con me, Alisa? Sto per uscire."

"Arrivo, papà. Mi sto mettendo le scarpe. ...No, Nippi, non oggi. Vado al lavoro di papà."

Il cane piagnucolò un po' mentre Alisa si chiudeva la porta dell'appartamento alle spalle. Padre e figlia si diressero verso l'Elcrocar nel garage. Una volta seduti, partirono per il Dipartimento di Fisica e Astronomia dell'Università di Padova.

Raggiunto il campus, l'Elcrocar fu posta su un cavalletto e padre e figlia si incamminarono a piedi verso il laboratorio di ricerca. Alisa era in vacanza scolastica, e questo era uno dei giorni tranquilli in cui poteva accompagnare il padre. Anche se era solo una bambina, le piaceva stare con suo padre e guardare quello che faceva. E lui, da parte sua, doveva solo stare attento alla sua sicurezza. Lei per lo più si accontentava di sedersi accanto a lui su una sedia alta.

Ali Hasan era già in laboratorio, alla cabina di protezione dalle radiazioni.

"…Buongiorno Ali. Alisa, questo è il signor Hasan. Lavoriamo insieme allo stesso progetto. Ali, questa è mia figlia, Alisa; oggi resta con me. Sai, è in vacanza dalla scuola."

"Piacere di conoscerti, Alisa. Fai attenzione qui; c'è qualche zona pericolosa."

"Saba al-khayer, Sade."

"Parli arabo, Alisa?"

"Lo parla una mia amica. Ho imparato qualche parola da lei."

"Mi fa piacere. La tua pronuncia è ottima."

Il progetto di ricerca in questione era incentrato su Marte. Erano stati compiuti esperimenti allo scopo di trovare una tecnologia rudimentale per produrre atomi di ossigeno dalla roccia basaltica di Marte. La procedura sarebbe stata utilizzata dai gruppi impegnati nell'esplorazione del pianeta rosso.

Non erano riusciti ad essere il primo laboratorio a produrre fibre di molibdeno dalle sostanze chimiche disponibili sul pianeta rosso. Il primo a realizzare quell'impresa era stato un laboratorio della Confederazione Islamica. Se il loro laboratorio all'Università di Padova avesse compiuto una scoperta fondamentale, sarebbero tornati sui giornali, o almeno così pensava Edoardo Esposito. Sul suo piano di lavoro si trovavano emettitori di raggi, misuratori elettronici, tubi di vetro e agglomerati di roccia rossastra.

Indicando con un dito, Alicia domandò: "Cos'è quello, papà?"

"Sai, non è tanto complicato. Stiamo cercando di usare la chimica di base per capire se possiamo far produrre grandi quantità di ossigeno a queste rocce. È un po' come quello che fai a scuola durante le lezioni di scienze domestiche."

"Inizierò scienze domestiche solo l'anno prossimo."

"Beh, è praticamente quello che succede nella cucina di mamma. Se andassi a lavorare su Marte, farei anche lì la stessa cosa: aiuterei il progetto di insediamento a produrre molto più ossigeno."

"Ma papà, perché ci dovresti andare? Sai che ci sentiremmo tanto soli senza di te."

"Vedremo, Alisa. Intanto, qui devo solo controllare qualche risultato. Stai comoda?"

"Va tutto bene, papà."

"Alle dieci possiamo fare una pausa e andare alla mensa."

2 - ORDINI DI MARCIA

Edoardo Esposito rimase seduto alla sua postazione in laboratorio per tutto il giorno. Ma aveva difficoltà a concentrarsi sulla ricerca. La sua mente continuava a tornare alle notizie su Marte che aveva sentito quel mattino. Si chiese se la sua richiesta di lavorare lassù sarebbe stata approvata. Pensò: 'La dovranno approvare. Sarà la mia esperienza nei test sui materiali a convincerli.'

Esposito non aveva mai capito del tutto perché avesse scelto di fare carriera nell'astrofisica, pur avendo l'ingegneria nel sangue. Due suoi zii erano ingegneri aeronautici.

Si ricordò di uno di loro che diceva: "...Ho avuto la grande fortuna di poter usare i miei talenti per il bene dell'umanità..."

Fin dall'inizio dei suoi studi si era reso conto che il progetto di insediamento su Marte avrebbe potuto svolgere un ruolo importante nella sua vita. Aveva pensato: 'Forse ho ereditato un po' di attitudine al servizio dai miei antenati.'

Quando vide un bagliore sul suo Tabnax, intuì quale potesse essere il nuovo messaggio.

Il messaggio diceva: "Siamo lieti di informarvi che a partire dalle ore 11:35 di oggi, 25 giugno 2098, il candidato Edoardo N. Esposito ha ottenuto la posizione di Ingegnere del team ausiliario per il progetto di insediamento su Marte. Edoardo N. Esposito deve completare i dettagli della registrazione e presentarsi al Comandante del Centro Servizi Spaziali di Pondicherry entro le ore 13:00 del 20 luglio 2098. In tale occasione completerà il suo orientamento per il progetto."

Leggendo quella notizia, Esposito provò un impeto di entusiasmo. Ma si fermò un attimo e pensò: 'Non dirò nulla ad Alisa finché non avrò parlato con Greta.'

Quella sera, quando padre e figlia tornarono all'Elcrocar, Esposito decise di non andare in palestra, ma direttamente al Planetario e Osservatorio in via Alvise Cornaro, a due passi da casa loro. Voleva dare un'occhiata affettuosa a Marte con il vecchio telescopio. Era quello il telescopio con cui aveva visto Marte per la prima volta da ragazzo. Anche Alisa avrebbe dato volentieri un'occhiata, ma lui non le avrebbe rivelato la notizia. Pur sapendo che il padre aveva fatto domanda per quel lavoro, lei sperava contro ogni aspettativa che sarebbe rimasto a Padova.

Per raggiungere la superstrada percorse Via Giuseppe Bussolin. Ogni volta che passava davanti alla Chiesa Evangelica, gli tornava in mente un ricordo inquietante. In alcune occasioni accompagnava sua madre a una funzione. E spesso quelle occasioni venivano rovinate quando i ragazzi della scuola cattolica romana si radunavano per gridare insulti mentre la congregazione usciva dalla cappella. Non gli importava degli insulti, ma temeva che facessero del male a sua madre.

Anche ora, da adulto, continuava a provare una certa apprensione. A volte pensava: 'Cosa c'entra la religione con dei ragazzini che urlano insulti? Che razza di fede è? Spero che non ci siano cattolici romani su Marte.' Proseguendo, pensò: 'Comunque, penso che quelle persone siano sempre troppo spensierate e non prendano molto sul serio l'esplorazione.'

Quando arrivarono al vecchio Planetario e Osservatorio di via Alvise Cornaro, trovarono di turno l'anziano signor Josipovic.

"Buonasera, Alisa. Oggi sei venuta con il tuo papà. Come sta, signor Esposito? È da un po' che non la vedo."

"Sono qui in memoria dei vecchi tempi. È disponibile il vecchio telescopio? Vorrei dare un'occhiata a Marte. È proprio con il vecchio Lucia che ho guardato Marte per la prima volta. Quando ero studente, venivo qui per studiare ogni settimana. Ho tanti bei ricordi." "Oh, bene. Alisa, sai dove sono i comandi dell'illuminazione. Accompagna tuo padre al vecchio telescopio."

"Andiamo, papà."

3 - UN TRISTE ADDIO

Quando tornarono nel loro appartamento in via San Massimo, la cena era pronta.

Esposito aspettò che finissero di mangiare prima di dare la notizia alla moglie: "Tesoro, ho avuto quel posto su Marte. Vogliono che io parta il mese prossimo."

"Oh, papà, non puoi. Non andartene," lo supplicò Alisa.

"Complimenti, Edoardo. So che ti sei preparato per quel posto. È un grande onore."

Alisa e il fratello Riccardo si avvicinarono al tavolo per abbracciare il padre.

"Non andartene, papà. Gli omini verdi ti aspettano per mangiarti", piagnucolò Riccardo.

"La mamma ha detto che è fiera di me e mi capisce."

"Ma non sarà solo per pochi mesi, papà. Ho chiesto al signor Josipovic e mi ha detto che per andare su Marte e tornare indietro ci vogliono più di due anni. È troppo!" disse Alisa.

Esposito sapeva che sarebbe stato difficile da sopportare per i suoi figli, soprattutto per Alisa. Era contento di avere il sostegno di sua moglie.

Nelle settimane successive, si impegnò a trascorrere del tempo con Alisa, Riccardo e Greta. Trascorsero due sabati felici alla Vecchia Venezia. Un pomeriggio, insieme ad Alisa e Riccardo, rimase più vicino a casa, studiando Marte con il nuovo spettrometro Stellaportata. Diedero anche una sbirciatina con il vecchio Lucia a fuoco manuale.

Mentre si avvicinava il giorno della sua partenza, Esposito sperava di avvicinarsi alla sua famiglia. Ma naturalmente, quando la famiglia salì sull'Actrotaxi per il viaggio verso il Drome Globale di Padova, la sensazione di tristezza fu ancora più forte. Alisa aveva portato con sé il suo orsacchiotto, per consolarsi del dolore che avrebbe provato per la partenza di suo padre.

Quando raggiunsero l'Atrio di Trasferimento della Drome, arrivò il momento di salutarsi. Una vecchia ballata con il mandolino riecheggiò nell'atrio mentre Esposito abbracciava la moglie e si chinava per abbracciare Alisa e Riccardo. Non appena avvolse le braccia intorno ad Alisa, lei si mise a piangere.

"Oh, papà, mi mancherai tantissimo. Mi mancherai proprio tanto," disse tra i singhiozzi, gettandogli le braccia intorno.

Riccardo ricevette un abbraccio goffo prima che suo padre riuscisse a liberarsi. Dopo il trasferimento dei suoi bagagli, Edoardo N. Esposito si diresse verso il Portale di Sicurezza. Greta, Alisa e Riccardo si abbracciarono mentre lui scompariva.

Quando i tre furono di nuovo a casa, Alisa disse: "Mamma, vado al Planetario. Voglio vedere Marte."

"Sta' attenta, tesoro. Farà freddo e sarà buio. Non metterci troppo."

La bambina gettò il suo orsacchiotto su una sedia e corse fuori dalla porta d'ingresso. Alisa continuò a correre finché non arrivò all'ingresso principale del Planetario. Sperava che fosse di turno il signor Josipovic. Sapeva che l'avrebbe lasciata entrare.

"Oh, signor Josipovic, il mio papà sta andando via e io mi sento tanto triste", disse scoppiando a piangere e si gettò su una sedia.

Il signor Josipovic lasciò il suo posto davanti a un monitor. Si sedette accanto alla bambina e disse: "Signorina, cosa fai ancora in piedi a quest'ora? Sai che ore sono?" Continuò: "Sai che tuo padre mancherà anche a noi. Era uno dei migliori tra gli studenti che venivano qui. Le persone come te e lui danno senso a tutto."

"Non è giusto che vada così lontano."

"Guarda... vieni a vedere Marte. Questa è una serata buona per vederlo. Sarà bellissimo in una serata come questa," disse il signor Josipovic, cercando di calmare la tristezza di Alisa.

"No, no... non voglio guardare. È un pianeta orribile. Lo odio!" Alisa si alzò e si precipitò verso l'uscita.

Si fermò sulla strada e rimase a guardare il cielo. Le lacrime iniziarono a scorrerle lungo le guance.

4 - UN ALTRO TIPO DI VIAGGIO

"Salve, signorina. Sono il tuo servitore Absolin."
All'improvviso, davanti ad Alisa, apparve un'enorme sfera traslucida. All'interno della sfera si trovava un essere alto e luminoso con le ali. La voce che Alisa sentiva proveniva da quell'essere.

"Chi... chi sei?" chiese scioccata.

"Sono Absolin, un Angelo minore. Sono stato mandato ad aiutarti a calmare la tua nostalgia."

"Come... come facevi a saperlo?"

"Ti va di venire con me, così possiamo trovare la risposta?"

Gli occhi di Alisa erano fissi su quelli dell'essere luminoso. Ma provò una sensazione di calma e disse: "Cosa devo fare?"

"Se entri con me nella mia Bolla, possiamo andare in un luogo di guarigione e ristoro."

Alisa esitò, ma la sensazione di calma era davvero rilassante. Entrò nella Bolla e si fermò accanto all'Angelo. La Bolla iniziò a muoversi e in un attimo si alzò in volo, allontanandosi da Padova e sorvolando la città. Presto Alisa poté vedere lo skyline della Vecchia Venezia scorrere sotto di lei.

Stavano viaggiando nella Bolla attraverso l'oscurità dello Spazio. La bambina era tra le stelle che riempivano l'immensità. Mentre la calma la avvolgeva, Alisa sentiva svanire la tensione della mancanza del padre. Si abbassò e appoggiò la testa contro l'Angelo.

"Dove stiamo andando?" chiese Alisa, "È lontano?"

"Stiamo andando in un posto che si chiama Paradiso Esterno. È il posto dove quelli che prestano servizio in Paradiso vanno per rilassarsi e distendersi. Il Paradiso può diventare molto intenso, quindi il Paradiso Esterno è lì posto per chi vuole prendersi una pausa di relax. Ci sono giardini e parchi tranquilli, piscine e fontane, frutteti e boschi, tutti ideali per rilassarsi. Ci sono posti dove ci si riunisce con gli amici e i Bar del Nettare dove si può gustare un'infinità di cibi deliziosi. Dopo una pausa nel Paradiso Esterno, qualsiasi essere che presta servizio nel Paradiso vero e proprio si sente completamente rigenerato, vedrai."

Mentre attraversavano lo Spazio e il Tempo, Alisa si svegliò improvvisamente. Lontano, nell'oscurità, apparve una fila di cancelli che sprigionavano fiamme multicolori. Erano spuntati dal nulla.

"E quello cos'è?" chiese Alisa.

"Oh, quelle sono le Porte dell'Inferno. Possono spuntare ovunque."

Fuori, tra le fiamme, c'erano figure scure, che si voltarono e iniziarono a scendere in picchiata. Alisa capì che erano Demoni, come quelli del film. Stavano caricando verso la Bolla, agitando una specie di arma. Era uno spettacolo spaventoso. Alisa, terrorizzata, si aggrappò ad Absolin. 'Perforeranno la Bolla?' pensò lei. Nascose il viso e si rannicchiò a palla.

Proprio mentre i Demoni si avvicinavano, apparve una schiera di enormi Angeli armati di spade. Gli Angeli volavano tra la Bolla e i Demoni. Le figure scure si fermarono a mezz'aria. Si voltarono e tornarono di corsa verso le fiamme. Scomparso l'ultimo Demone, le Porte dell'Inferno svanirono e gli Angeli volarono via. Absolin e Alisa continuarono il loro viaggio.

L'Angelo disse: "Alisa, ti chiedo scusa per i Demoni. Non mi aspettavo di vederli in questo momento."

5 - ARRIVO A DESTINAZIONE

Alisa fissò l'immensità dello spazio fuori dalla Bolla. Non c'erano più stelle, ma una luce incandescente appariva come un punto in lontananza.

"Forse questo viaggio ti è sembrato molto lungo, Alisa, ma è durato solo un millisecondo del tuo tempo. Guarda, siamo quasi arrivati al Paradiso Esterno."

La luce incandescente continuava a crescere, fino a quando Alisa riuscì a scorgere quella che sembrava una città splendente che fluttuava nell'oscurità.

"È lì che stiamo andando?"

"Questo posto fa parte del Paradiso, Alisa. Si chiama Paradiso Esterno. Potrò solo portarti fin lì. Per l'ingresso nel Paradiso vero e proprio servono certi requisiti speciali. È una regola che esiste da sempre. Il Paradiso Esterno è il posto dove quelli che prestano servizio in Paradiso si prendono una pausa dalle intense emozioni del Paradiso vero e proprio. Si prova una sensazione di relax che li aiuta a distendersi e a riposare per un po', in un ambiente meno intenso. Ci stiamo avvicinando."

All'improvviso la Bolla rimbalzò e si fermò come se si fosse scontrata con qualcosa.

"Abbiamo urtato la Barriera Invisibile che separa questa Dimensione del Vuoto dall'atmosfera del Paradiso Esterno. Ora dobbiamo trovare uno degli ingressi."

La Bolla si mosse fino a quando Absolin disse: "Vedo dei Serafini Corazzati laggiù. È lì che possiamo entrare."

La Bolla scivolò nel Paradiso Esterno e scese in picchiata verso il basso, superando le merlature di cristallo sui due lati. Altre Bolle splendenti fluttuavano mentre la loro continuava a scendere verso la meta.

"Stiamo per atterrare", disse Absolin.

La Bolla cadde nel centro di un cortile alberato, dove rimase sospesa a pochi centimetri da terra. Alisa uscì con cautela e si guardò intorno a bocca aperta. L'aria era pervasa da un dolce profumo e da armonie corali.

"Andremo in un Bar del Nettare. Sono sicuro che il viaggio ti ha fatto venire fame."

"Mamma mia! Si, ho fame!"

"Prima di tutto, vorrei trovarti dei vestiti adatti per il Paradiso Esterno."

Hanno attraversato fino a una nicchia sul lato del cortile ed sono entrati da una porta.

Entrarono in una galleria piena di scaffali con vesti e uniformi di molti colori. Quando Alisa fu vestita con una tunica d'argento dotata di una cintura di corda dorata, venne il momento di raggiungere un Bar del Nettare.

6 - IN UN BAR DEL NETTARE

Camminando fianco a fianco, Absolin e Alisa raggiunsero un arco dorato che conduceva a una scalinata luminosa. In cima alla scalinata si trovava un frutteto. Le file degli alberi sembravano scomparire in lontananza in ogni direzione, tranne che per una radura dritta davanti a loro.

"Laggiù c'è un Bar del Nettare, dove possiamo rilassarci e tu puoi mangiare e bere qualcosa. Il Paradiso Esterno sarà un buon posto per dimenticare il dolore e la tristezza."

Mentre camminavano, Alisa vedeva che le foglie e i frutti sopra di loro erano di vari colori e dimensioni. I frutti sembravano tutti deliziosi. Davanti a loro c'erano tavoli e sedie scintillanti, disposti in un grande cerchio. Ad alcuni tavoli erano seduti gruppi di commensali. Alisa notò che alcuni commensali avevano le ali. Pensò: 'Devono essere Angeli, come Absolin.'

"È questo il Bar del Nettare?" chiese Alisa.

"Sì, Alisa. Sediamoci e prendiamo del nettare per te."

Prima che potessero trovare un tavolo, furono circondati da un gruppo di Serafini che avevano appena terminato i loro Tempi di Adorazione in Paradiso.

"Dove sei stato, Absolin? ...Cosa abbiamo qui?"

I Serafini furono subito incuriositi da Alisa.

"Non ci presenti?"

"Onorevoli Serafini, vi presento Alisa. Lei, che è una bambina, è venuta a trovarci da un'altra dimensione... e da un'altra epoca. Ha bisogno del nostro affetto e del nostro sostegno."

"Beh, va bene, noi siamo appena tornati dai Tempi di Adorazione. Abbiamo bisogno di rilassarci e distenderci. Perché non venite a sedervi con noi?"

Il gruppo proseguì nel Bar del Nettare e prese posto a una grande tavola rotonda. Alisa era seduta tra Absolin e un Serafino. Dapprima la sua testa era sotto il tavolo, ma poi la sua sedia si regolò miracolosamente, in modo da trovarsi proprio all'altezza giusta. Verso di loro si librava un Cherubino con un grembiule rosa.

Raggiunto il loro tavolo, chiese: "Che tipo di nettare desiderano gli Onorevoli Servitori Celesti? Abbiamo il Nettare di Fiori di Pesco, il Nettare Sorpresa del Paradiso, il Nettare al Gusto di Frutta e un'infinità di altre varietà di nettare. Provo a indovinare e vi consiglio il Nettare Sorpresa del Paradiso. So che vi piacerebbe."

Dopo una pausa, Alisa disse: "Va bene, lo assaggio. Spero solo che il mio pancino digerisca il cibo del Bar del Nettare. Non ho mai mangiato qui prima."

"Oh, il tuo pancino starà benissimo, vedrai", disse Absolin.

Proprio in quel momento arrivò un altro Cherubino con un grembiule rosa. Portava un vassoio d'argento carico di bicchieri alti e scintillanti. Il Cherubino sembrava sapere in anticipo ciò che ognuno di loro desiderava e cominciò a mettere il nettare giusto davanti a ciascuno.

Alisa guardò con attenzione il bicchiere di fronte a lei: "Adoro i fiori luminosi che galleggiano lì sopra. E la cannuccia dorata."

7 - GLI ESSERI VIOLACEI

Di fronte ai posti di Absolin e Alisa c'era un tavolo con un folto gruppo di Dominioni Violacee. Absolin li riconobbe come amici di vecchissima data.

Disse ad Alisa: "Vedo dei miei vecchi amici laggiù. Andiamo a parlare con loro. Sono sicuro che vorrebbero conoscerti. Con permesso, Onorevoli Serafini. Vorrei presentare Alisa alle Dominioni Violacee."

Alisa scese dalla sedia per incontrare questi esseri violacei dall'aspetto strano.

Quando raggiunsero l'altro tavolo, Absolin disse: "Salve, Onorevoli Dominioni. Bentornate nel Paradiso Esterno. Sarete certamente felici di questo cambiamento di ritmo e di poter rivedere i vostri amici."

"Oh, ciao Absolin", disse il Dominion più vicino, "Grazie per essere venuto a salutarti. Sì, è meraviglioso rivedere il nostro vecchio gruppo... è incredibile che non riusciamo a smettere di parlare in un momento come questo."

"Onorevoli Dominioni, vorrei presentarvi la mia amica Alisa. Viene da un altro tempo e da un'altra dimensione e resterà con noi per un po'."

"Ciao Alisa. Benvenuta nel Paradiso Esterno. Anche se non è quello vero, per noi, in un momento come questo, è semplicemente meraviglioso. Perché non vi sedete? C'è una sedia alta vicino a me, potrebbe andare bene per Alisa", disse il Dominion.

"Okay, Alisa, siediti lì e io mi siedo accanto a te", disse Absolin. "Allora, Alisa, è la prima volta che visiti il Paradiso Esterno... o sei già stata qui? Ad alcuni esseri estranei piace molto."

Con la sua vocina, Alisa iniziò: "È la prima volta. Non avrei mai pensato di trovarmi in un posto così bello. È semplicemente meraviglioso. Non vedo l'ora di vedere tutto. Absolin dice che lo visiteremo tutto."

"Ma... 'lei' cos'è? Non avevo mai sentito quella parola", disse una Dominion dall'aspetto piuttosto severo che parlava dall'altra parte del tavolo.

"Cosa c'è di speciale in una lei?" il ringhiò.

"Ti spiegherò tutto", disse Absolin, irrigidendo leggermente le ali. "Alisa è una bambina, una lei. Nella sua epoca e nella sua dimensione, esistono due varietà dello stesso essere. Sono complementari. Questo significa che si affidano l'uno all'altro in modi diversi. Ci sono le "lei" e i "lui", e Alisa è una lei."

"Ma perché dovrebbero esistere due varietà dello stesso essere? Ogni essere non dovrebbe bastare a se stesso?" ringhiò lui.

"Beh, non so risponderti. Forse ti saprebbe rispondere il grande Sono Colui Che È. Entrambi sono creati per Lui. Non so davvero rispondere alla tua domanda. Dev'essere un altro di quei misteri che ci circondano. Potresti dirci qualcosa, Alisa?" chiese Absolin.

"Ecco," iniziò la sua vocina, "tutto quello che so è che ho sempre desiderato un fratellino, forse perché sarebbe stato diverso da me. Ed Elga, la nostra vicina, si è appena sposata con un uomo, forse perché è diverso da lei. Ma sto solo tirando a indovinare!"

Il Dominion Viola alzò le mani. "Quindi ora abbiamo una lei, un fratello e un uomo. Mi sono completamente perso. Chi sono queste creature?"

"Si completano a vicenda, come ho detto", disse Absolin. "Un "lui" e un uomo appartengono entrambi alla stessa varietà, mentre una "lei" è un'altra varietà dello stesso essere. Non è tanto complicato."

"Beh, mi confonde", disse il Dominion. "Ehi, fatevi un nettare con me mentre noi Dominioni Violacee riprendiamo le fila della nostra conversazione."

"Grazie per l'offerta, ma Alisa ed io dobbiamo parlare in privato, da soli. Con permesso. Ci congediamo da voi Onorevoli Dominioni."

8 - UN COLLOQUIO CON UN SAGGIO CONSIGLIERE

L'Angelo e la bambina si inchinarono verso le Dominioni Violacee e si allontanarono sotto gli alberi. Camminarono fino al bordo dei giardini fioriti.

"Alisa, ho chiesto al Principato Milab di incontrarci qui. È molto anziano e saggio. Non lasciarti deludere dal suo colore. Ha il viso color pesca e i vestiti piuttosto carini, in sfumature dello stesso colore. Vorrei che ti incontrasse e che tu gli raccontassi la tua storia."

"Va bene", disse Alisa. "Ci sarai anche tu?"

"Certo, Alisa. Ci sarò. Oh, in lontananza vedo Milab fluttuare verso di noi."

Avvicinandosi, Milab disse: "Salve Absolin. Ho sentito il tuo messaggio. Certamente mi piacerebbe parlare con Alisa. Ma non ho mai parlato con una bambina. Hai detto che è una bambina, vero?"

"Alisa, ti presento l'Onorevole Principato Milab. In realtà, lo chiamiamo semplicemente Mili, vero Milab?"

"Esatto, Absolin, è il nome che preferisco". Svettava su Alisa, ma si chinò con un largo sorriso.

"Sono molto contenta di essere qui", disse Alisa, "non ero mai stata in un posto così bello".

Milab rispose: "Facciamo un giro nei giardini. C'è molto silenzio quando gli uccelli smettono di cantare. Ti posso sollevare? Così sarà più facile fare quattro chiacchiere."

"Certo, penso che mi piacerebbe."

"Absolin mi dice che sei molto triste. Ma perché sei triste?"

"Sono triste perché mi manca il mio papà. È andato con una navicella su Marte, che è tanto lontano. Starà via per molto tempo. Mi ha detto che così avrebbe potuto saperne di più sul pianeta, ma perché non poteva semplicemente studiarlo sui libri?" Dopo una pausa, lei riprese: "Abitiamo vicino al Planetario. Ora dovrò andarci tutti i giorni per vedere dov'è lui. Ci sono telescopi e Visischermi. Così potrei consolarmi un po', ma mi manca proprio tanto."

"La tua storia è molto commovente", disse il Principato, "Sembra terribile. Ma dimmi, cos'è un papà?"

"Beh, un papà è colui che ci dà la vita. È il padre. Non saremmo vivi se non ci fossero i papà."

"Quindi, visto che questo papà-padre è così lontano, cosa pensi che dovremmo fare?" chiese il Principato.

"Forse l'unica cosa che posso fare è distogliere la mente dal dolore e pensare a cose piacevoli."

"Secondo me hai trovato una buona risposta. Hai risolto il problema da sola. Ma se mi viene in mente qualcos'altro lo farò sapere ad Absolin", disse Milab.

"Oh, grazie," rispose la bambina.

"Absolin, sto mettendo giù Alisa. Sta per iniziare una grande processione dalle Porte del Paradiso, e devo esserci. Ci vediamo più tardi."

Milab si allontanò fluttuando.

9 - UNA PASSEGGIATA NEI GIARDINI

Absolin e Alisa continuarono a passeggiare nei giardini. Si inoltrarono lungo un sentiero tortuoso, tra fiori multicolori di ogni tonalità. I colori sembravano diventare più intensi a mano a mano che venivano messi a fuoco. Passeggiando raggiunsero una foresta, dove un dolce profumo aleggiava nell'aria. Il sentiero si snodava tra arbusti verdi, mentre uccelli multicolori cinguettavano e svolazzavano tra gli alberi. In lontananza si vedeva un lago. Sulla sua superficie scintillava una luce. Sul sentiero si avvicinò a loro una coppia di Principati Blu in lunghe vesti fluenti.

"Salve, Absolin, è un piacere incontrarti... e cosa abbiamo qui?"

"Salve, Principati Blu. Dove siete stati? Lei è Alisa. Alisa, loro sono Amorath e Anslo. In realtà, Alisa viene da un'altra epoca e da un altro posto".

"Oh, ciao Alisa, piacere di conoscerti. Ma dimmi, cos'è un posto? So già qualcosa sul tempo, ma cos' è un posto?" Amorath fu il primo a fare domande.

"Beh, è un po' difficile da spiegare."

"Non preoccuparti, Absolin; posso spiegarlo da quello che ho imparato a scuola", disse Alisa. "Il posto da cui provengo si trova su una grande sfera che chiamiamo Terra. È una delle tante grandi sfere che fluttuano in quello che viene chiamato Sistema Solare. A causa delle grandi distanze che le separano, ci vuole molto tempo per passare da una sfera all'altra. In questo momento, mio padre è andato su una di quelle sfere che si chiama Marte e Absolin mi sta aiutando a superare la mia nostalgia di lui."

"Ora dimmi, piccolina, cos' è una sfera? Non ho idea di cosa signifcihi", disse Amorath.

Alisa si guardò intorno. Guardò verso gli alberi oltre il mare di fiori. C'era un boschetto di alberi da frutto con enormi frutti rossi rotondi. Il frutto rosso trascinava quasi i rami a terra.

Lei voltò verso il gruppo e disse: "Vedi quei grandi frutti rossi? Hanno la forma di ciò che chiamiamo sfera; sono rotondi."

"Capisco", disse Amorath, "ed è interessante che tu indichi quei frutti. Sono molto speciali per noi nel Paradiso Esterno." Continuò: "Li chiamiamo Frutti dell'Energia Estrema. I Serafini Corazzati li mangiano prima dei loro turni di guardia plurisecolari lungo le mura. Non sanno mai quando o dove i Demoni attaccheranno. Sei stata intelligente a notarli. Sono frutti indispensabili qui nel Paradiso Esterno. Allora, cosa farà Alisa?"

"Ce la prenderemo comoda per un po' e le daremo il tempo di rilassarsi."

Guardando Alisa, il Principato Blu disse: "Va bene, Alisa, spero che vi divertiate. Andiamo a prendere un po' di torta degli Angeli al Bar del Nettare. Ci vediamo dopo."

10 - IL FRUTTO DELL'ENERGIA ESTREMA

Absolin e Alisa continuarono a passeggiare nei giardini. C'erano un'alta foresta color smeraldo da un lato e un lago scintillante dall'altro. Mentre si allontanavano, udirono un forte canto provenire dagli alberi. Poi, sopra le cime degli alberi, Alisa riuscì a vedere una fila di caschi di metallo luccicanti ondeggiare su e giù.

"E quelli cosa sono?" chiese Alisa, "Devono essere persone molto alte."

"Quella è una truppa di Serafini Corazzati. Probabilmente cantano perché sono contenti di andare al Bar del Nettare. Vanno a mangiare i Frutti dell'Energia Estrema. Saranno passati secoli dall'ultima volta che hanno mangiato. Loro mangiano solo una volta ogni qualche secolo, quindi sono sempre molto contenti quando arriva il momento. Ti piacerebbe andare a vederli?"

"Oh, sì, grazie."

Quando Absolin e Alisa arrivarono al Bar del Nettare, i Serafini Corazzati si trovavano già in una zona sommersa e stavano prendendo posto su sedie giganti intorno a un lungo tavolo. Dai loro posti, l'Angelo e la bambina avevano una buona visuale del lungo tavolo.

Mentre si sedevano, i Serafini Corazzati ridevano e scherzavano e le loro armature sferragliavano. Dal nulla apparvero quattro Poteri muscolose. Portarono un enorme frutto rosso su un vassoio e lo fecero rotolare fino all'estremità del tavolo. Al tavolo c'era un'altra Potestà che impugnava un grosso coltello d'argento.

Absolin disse, indicandolo: "Quello è un Frutto dell'Energia Estrema rosso."

Accanto ai frutti rossi c'erano vassoi dorati. Con il coltello, la Potestà iniziò a tagliare il frutto in fette sottili. Ne pose una su ciascun vassoio. I vassoi furono passati lungo il tavolo fino a quando ciascun Serafino Corazzato ebbe davanti a sé un vassoio con una fetta.

"Mangeranno solo quello?" chiese Alisa, "Nient'altro?"

"Trattandosi di un Frutto dell'Energia Estrema, ogni fetta darà a un Serafino Corazzato energia sufficiente per secoli e secoli. Loro sono i servitori celesti che proteggono il Paradiso Esterno dagli attacchi dei Demoni." "Ma è poco."

Absolin insistette: "L'energia in quel frutto è talmente intensa che non hanno bisogno di nient'altro."

Prima di mangiare, i Serafini Corazzati cantarono un coro. Poi raccolsero all'unisono le loro fette di Frutto dell'Energia Estrema e iniziarono a morderle da un'estremità. Sembrava che ci volesse molto tempo per masticare e inghiottire ogni boccone. Alla fine, terminato l'ultimo boccone, cantarono un altro coro. Poi si alzarono tutti con un gran rumore di ferraglia e raccolsero le armi. Infine si alzarono in volo sopra le cime degli alberi.

Absolin lasciò che Alisa rimanesse seduta per un po' a pensare a quello che era successo e poi disse: "Prendiamoci un nettare."

Mentre erano seduti a sorseggiare il nettare, Absolin poté parlare tranquillamente con Alisa.

"Ho appena saputo che il Figlio Amato sta per venire a visitare il Paradiso Esterno. Sono sicuro che saresti entusiasta di vedere cosa succede."

"Chi è il Figlio Amato?"

"Lo scoprirai quando verrà."

Usciti dal Bar del Nettare, iniziarono a passeggiare lungo un sentiero alberato, oltrepassando un cartello con su scritto: Da questa parte per la Grande Sala del Relax. Ben presto trovarono davanti a loro Angeli di varie dimensioni e colori e Potestà dall'aspetto molto muscoloso. Andavano tutti nella stessa direzione. Tutti quegli esseri formavano una gran folla.

"Ci siamo quasi", disse Absolin.

11 - LA PROCESSIONE

C'era molta attività davanti alle Porte del Paradiso. Si stava radunando una processione e i partecipanti stavano prendendo posto. Si stavano preparando vari occupanti del Paradiso Esterno e diversi servitori celesti del Paradiso vero e proprio. Si stavano formando delle file che si estendevano da un lato all'altro di un Ampio Viale Dorato.

I Serafini Corazzati furono i primi a schierarsi. Svettavano sulle file di coloro che li seguivano. Le file successive erano composte da Principati muniti di stendardi multicolori svolazzanti. Gli stendardi rappresentavano le diverse entità e case del Paradiso Esterno e del Paradiso vero e proprio.

Dietro le file dei Principati si trovava l'Orchestra Argentea del Paradiso Esterno. I musicisti erano Angeli di medie dimensioni, simili ad Absolin.

La coda della processione era composta da file formate da tutti i tipi di occupanti del Paradiso Esterno e del Paradiso vero e proprio. Era un gruppo molto variegato.

L'assemblea era in silenziosa attesa dell'arrivo del Figlio Amato. Poi, a un segnale, un plotone di trombettieri suonò una fanfara.

Un Serafino Corazzato chiamò: "Attenzione, attenzione, ecco che arriva il Figlio Amato".

Le Porte del Paradiso si spalancarono e l'Orchestra Argentea del Paradiso Esterno si scatenò in una fanfara ritmica: "Bla... cip, bla... cip, bla... cip."

Dai cancelli uscì il Figlio Amato, una figura imponente che danzava in cerchio a ritmo. Mentre il Figlio Amato continuava a danzare, le file della processione si divisero al centro per creare un percorso. Lui danzò fino alla prima fila, dove fu affiancato dai Serafini Corazzati. Questi poi si unirono a lui nella danza.

A quel punto, i Principati e tutti coloro che si erano radunati nelle retrovie iniziarono a danzare e a girare in cerchio al ritmo dell'Orchestra Argentea del Paradiso Esterno: "Bla... cip, bla... cip, bla... cip..."

Poi l'intera processione iniziò ad avanzare lungo l'Ampio Viale Dorato. La destinazione era la Grande Sala del Relax.

12 - LA GRANDE SALA DEL RELAX

Absolin e Alisa avevano appena raggiunto l'ingresso della Grande Sala del Relax quando udirono l'Orchestra Argentea del Paradiso Esterno. Rivolsero lo sguardo lungo l'Ampio Viale Dorato per vedere cosa stava succedendo.

"Oh, adesso riesco a vederli," gridò Alisa. "Sembra una processione in marcia verso di noi."

Mentre i Serafini Corazzati marciavano, il loro metallo lampeggiava.

Il rumore sferragliante delle armature accompagnava il "Bla... cip, bla... cip, bla... cip..." dell'Orchestra Argentea del Paradiso Esterno.

Sempre davanti a tutti, il Figlio Amato vorticava nella danza.

"Quello è il Figlio Amato", disse Absolin, "sono passati secoli dall'ultima volta che l'ho visto".

"Mamma mia!" esclamò Alisa.

Quando la processione raggiunse l'ingresso della Grande Sala del Relax, le file si ruppero attraversando le porte imponenti. Absolin e Alisa si misero dietro l'ultima fila al passaggio della processione. La bambina danzava a ritmo e rideva vicino ad Absolin mentre si muovevano.

Le danze continuarono fino a quando il Figlio Amato raggiunse la parte anteriore della sala. Poi, quando lui smise di danzare, smisero tutti. Lui salì su una predella rialzata e si sedette su un trono alto tempestato di gioielli. I Principati e i musicisti trovarono posto a sedere sui due lati della navata centrale, mentre i Serafini Corazzati stavano sull'attenti su entrambi i lati della predella che reggeva il trono del Figlio Amato. Absolin e Alisa erano in piedi sul retro. L'Angelo sollevò Alisa e se la infilò sotto un'ala per permetterle di vedere cosa stava succedendo.

"Va bene, allora", tuonò il Figlio Amato. "Siete tutti benvenuti alla nostra cerimonia. Vengo subito al dunque."

C'era un silenzio totale mentre il Figlio Amato, con la sua voce tonante, disse:

"Ho ordinato di portare qui tre probabili candidati, tre Frutti dell'Energia Estrema, in modo da poter scegliere quello che verrà trasformato nella Dimensione del Vuoto. I frutti dovrebbero arrivare da un momento all'altro."

Non appena ebbe finito di parlare, all'ingresso laterale risuonò una fanfara di trombe e quattro Poteri attraversarono una porta secondaria, portando un carro su cui era posato un gigantesco Frutto dell'Energia Estrema rosso. Il frutto aveva esattamente lo stesso aspetto di quello che Alisa aveva visto mangiare dai Serafini Corazzati. A questo primo carro seguì un altro, e poi un altro ancora. Ognuno dei tre portava un Frutto Rosso di Energia Estrema. I tre carri erano posti davanti al trono dove era seduto il Figlio Amato.

"Cherubino dei Libri, mi serve il Libro degli Incantesimi."

Il Cherubino dei Libri si alzò in volo da accanto alla predella, tenendo in mano un grande libro dalla copertina rilegata in oro. Lo porse al Figlio Amato, che sfogliò le pagine. Si fermò su una pagina e la guardò attentamente.

Poi, dopo una pausa, cantò un incantesimo con voce acuta e tremula: "Inchin, binchin, glinshin, flinchin".

Indicò un carro e disse: "Quello lì."

A quel punto, due gruppi di Poteri radunarono i loro carri e uscirono rapidamente dalla sala attraverso la stessa porta da cui erano entrati. Ora c'era rimasto solo un Frutto di Energia Estrema.

Il Figlio Amato tuono: "Questo Frutto di Energia Estrema sara d'ora in poi chiamato Il Frutto di Energia Estrema Scelto. Procediamo."

Agitò le braccia e poi indicò il frutto: "Il Frutto di Energia Estrema Scelto diventerà il Nuovo Universo."

Chiudendo il Libro degli Incantesimi, lo restituì al Cherubino dei Libri. Poi tuonò: "Ciro il Dominio, vieni qui. Mettiti davanti a me."

Ciro il Dominion trotterellò verso la parte anteriore.

"Ti nomino Maestro delle Cerimonie."

Dopo un profondo inchino il Figlio Amato, Ciro il Dominion si diresse verso il carro del Frutto di Energia Estrema Scelto. Si fermò accanto ad esso e scattò sull'attenti.

Risuonò un'altra fanfara di trombe. I Serafini Corazzati su un lato della predella ruppero i ranghi e formarono due file nella navata centrale. Mentre loro marciavano sul posto, il Figlio Amato scese verso la navata dall'alto trono tempestato di gioielli. Poi procedette a marciare sul posto dietro i Serafini Corazzati. A passo di marcia, tutti uscirono attraversando le grandi porte della Grande Sala del Relax. Partirono nella direzione opposta a quella da cui erano venuti. I preferiti del Figlio Amato lo seguivano. Fuori dalla sala, la processione si riformò e si avviò lungo l'Ampio Viale Dorato fino alle Porte del Paradiso.

Nella Grande Sala del Relax erano rimasti un distaccamento di Serafini Corazzati, i Principati e l'Orchestra Argentea del Paradiso Esterno. C'erano nuovi compiti da svolgere. Absolin rimise in piedi Alisa.

"Posso dare un'occhiata agli strumenti dell'orchestra?"

"Certo," rispose Absolin, "ma fai in fretta. C'è una riunione nella Grande Sala della Pianificazione e io potrei far parte del comitato. La riunione può iniziare in qualsiasi momento. Ti ci porterò quando sarai pronta."

"Oh, non lo sapevo. Possiamo andarci adesso? Non voglio che tu perda la tua riunione."

Quando furono usciti dalla Grande Sala del Relax, Absolin fermò una Bolla fluttuante. I due vi entrarono e furono trasportati verso la Grande Sala della Pianificazione.

13 - LA SALA DELLA PIANIFICAZIONE

Absolin e Alisa uscirono dalla Bolla ed entrarono nella Grande Sala della Pianificazione. Entrati in questa sala di forma ovale, scendevano tramite una scalinata. All'estremità stretta della sala si trovava una galleria dove salirono Absolin e Alisa. Poi presero posto su sedili di velluto.

Sul lato sinistro della sala c'erano Dominioni di vari colori, sedute in file sovrapposte. Sul lato destro sedevano file di Arcangeli e Angeli di medie dimensioni e di vari colori. All'estremità della sala, proprio di fronte ad Absolin e Alisa, si trovava una sedia simile a un trono su una piattaforma rialzata. Su entrambi i lati di questa piattaforma sedevano file di Principati.

Per un po' il silenzio fu totale. Poi, con una fanfara di trombe, un Ciro il Dominion dall'aspetto molto maestoso entrò nella sala, indossando una tunica cremisi e un copricapo simile a una corona. Il Dominion salì sulla sedia simile a un trono e si sedette.

"Siete tutti benvenuti a questa importante riunione di pianificazione."

Seguì una lunga pausa, mentre il dominion mescolava dei fogli.

"In questo incontro, speriamo di delineare la procedura completa per l'invio di quello che ora viene chiamato Il Frutto di Energia Estrema Scelto nella Dimensione del Vuoto. Prima di iniziare faremo l'appello. Grazie a tutti."

Absolin si voltò verso Alisa e disse: "Alisa, quel Servitore del Paradiso con la veste cremisi è Ciro il Dominion. Ha un aspetto molto diverso in cremisi. Gli ho detto che sei un'ospite speciale nella Paradiso Esterno. Probabilmente parlerà di te."

Dopo una pausa, un Principato gridò: "Tutti presenti."

Ciro il Dominion continuò: "Prima di tutto, vorrei presentare a tutti un'ospite speciale, un'amica di Absolin. A quanto pare, è una lei, e si chiama Alisa. Secondo Absolin, Alisa viene da un'epoca e da un posto molto diversi. Alisa, sei la benvenuta nel Paradiso Esterno."

"Benvenuta Alisa," gridò tutta l'assemblea.

"Ora, sediamoci tutti e ricomponiamoci prima di iniziare."

L'Arcangelo Uria fu il primo a parlare: "L'ultima volta che un Frutto di Energia Estrema Scelto fu lanciato nella Dimensione del Vuoto, fu un disastro. Avendo pianificato io stesso quell'impresa, mi assumo la piena responsabilità di quel fallimento. Non mi ero reso conto del potere distruttivo dei Demoni."

"Oh, non sentirti in colpa", disse Ciro il Dominion. "Anche se eri tu al comando, è stato un lavoro di squadra. Non è stata tutta colpa tua."

Absolin si alzò per parlare: "Mi stupisco che qualcuno possa ricordare ciò che è successo tanti secoli fa. Ad ogni modo, anch'io ero coinvolto, e hai ragione: non ci eravamo resi conto di quanto siano subdoli i Demoni."

Ciro il Dominion si sporse in avanti dalla sua sedia simile a un trono e disse: "Sappiamo tutti cosa è successo. L'ultima volta che abbiamo provato a lanciare un Frutto di Energia Estrema Scelto per dare origine a un Nuovo Universo, abbiamo perso la concentrazione. Tutto andò in tilt; fu un gran disastro. Poi abbiamo dovuto mandare milioni di Angeli a ripulire tutto. Uggh! Mi viene la nausea ogni volta che ci penso."

"Salve a tutti, ho un'idea", disse un piccolo Cherubino incastrato accanto a un Arcangelo, "Penso di aver capito!"

"Vieni qui, piccolino, e raccontaci la tua idea. Qualsiasi idea ci può essere utile. Come ti chiami?" chiese Ciro il Dominion.

Il Cherubino volò giù nel pozzo incassato e si voltò verso il Dominion: "Onorevole Dominion, mi chiamo Acibeel. Ho un suggerimento per l'Onorevole Dominion. Ho motivo di credere che al lancio precedente, i Demoni fossero riusciti a entrare nel Frutto Estremamente Energetico Prescelto per distruggere gli atomi mentre si stavano formando. Ora penso che ci sia una soluzione."

"Sentiamo."

"Ricordi come i Demoni infrangevano le mura tra le Dimensioni e causavano il caos? Milioni di noi Cherubini furono ridotti a dimensioni microscopiche. Riuscimmo così a entrare sotto le squame dei Demoni per fare loro il solletico."

"Sì, me lo ricordo. Non potendo resistere a tutto quel solletico, i Demoni rinunciarono all'attacco e si ritirarono verso le Porte dell'Inferno. Adesso me lo ricordo."

"Bene, Onorevole Dominion, potremmo usare anche ora lo stesso piano per garantire che il Frutto di Energia Estrema Scelto si sviluppi correttamente. Noi Cherubini potremmo entrare dopo il lancio per assicurarci che gli atomi siano protetti e aiutati a formarsi nel modo giusto. Così il Nuovo Universo verrebbe avviato correttamente", disse il Cherubino.

"Continua."

"Nel frattempo, i Serafini Corazzati potrebbero respingere qualsiasi attacco dei Demoni. Andrebbe tutto bene."

"Secondo me hai avuto una buona idea. Dobbiamo radunare un miliardo di Cherubini nella Grande Pianura Ricreativa. Dovranno essere ridotti a dimensioni microscopiche e diventare micro-cherubini. Oh, puoi ringraziarmi per aver coniato il nuovo nome: micro-cherubini. Ehm! I micro-cherubini riceveranno istruzioni su ciò che devono fare. Il mio vecchio amico, il Dominion Onslom, può salmodiare gli incantesimi necessari per rimpicciolire i Cherubini. Credo che faccia ancora gli incantesimi."

"Procediamo!" ordinò Ciro il Dominion.

Absolin chiese: "Pensi che Alisa potrebbe unirsi ai micro-cherubini? Dice che le piacerebbe essere rimpicciolita."

"Va bene, penso che si possa fare. Alisa sarà accompagnata da Acibeel, così rimarrà al sicuro." E continuò: "Ora, onorevoli Principati qui presenti, vi chiedo di radunare almeno un miliardo di Cherubini nella Grande Pianura Ricreativa. Trovate la Dominion Onslom e il Libro degli Incantesimi. I Cherubini devono essere ridotti a dimensioni microscopiche. Siete tutti congedati!"

I Principati si mossero all'unisono. Lasciarono la sala per radunare i miliardi di Cherubini nella Grande Pianura Ricreativa e per andare a cercare Onslom e il suo Libro degli Incantesimi.

Absolin e Alisa si unirono all'esodo. Afferrarono una Bolla per seguirlo.

14 - RIMPICCIOLITI

L'Angelo e la bambina scesero nella Grande Pianura Ricreativa.

Alisa disse: "Sono così emozionata, Absolin! Il mio papà a volte mi portava nel laboratorio dove lavorava. Parlava degli atomi e diceva che sono gli elementi costitutivi di tutte le cose. Mi sembrano misteriosi. Quando ho sentito che il signor Ciro parlava di rimpicciolire i Cherubini in modo che potessero aiutare gli atomi, ero molto emozionata. Spero che riescano a rimpicciolire anche me. Vedrò i piccoli atomi e mi assicurerò che siano protetti dai Demoni."

"Pensi che ti piacerà? Sei molto coraggiosa, Alisa. Ma prima, dobbiamo metterci in contatto con Acibeel. Ti accompagnerà lui nel rimpicciolimento."

Mentre sorvolavano la Grande Pianura Ricreativa, riuscivano vedere innumerevoli file di Cherubini vestiti di bianco. Le file si allungavano in lontananza fino a diventare solo una macchia sfocata.

"Sembra che ci sia già un miliardo di Cherubini in attesa di essere rimpiccioliti", disse l'Angelo.

Uscirono dalla Bolla accanto alla vecchia Dominion Onslom. Lui era già in piedi davanti a un podio accompagnato da un Angelo assistente.

Quando il Dominion Onslom vide Alisa le chiese: "Cosa abbiamo qui? Cosa è?"

"Questa è un'Alisa," rispose Absolin. "Abbiamo promesso all'Alisa che potrà farsi rimpicciolire insieme ad Acibeel e agli altri Cherubini."

"Beh, l'Alisa deve sbrigarsi. È Acibeel quello lì davanti? Sta aspettando laggiù in prima fila. Sto per salmodiare l'incantesimo."

Alisa trotterellò fino a trovarsi accanto ad Acibeel.

Proprio mentre prendeva posto, Dominion Onslom trovò il punto giusto sulla pagina e cantò : "Ichbar... inbar... enchelendar!"

In un istante, dove prima c'erano file di Cherubini che si allungavano fino all'orizzonte, ora si vedeva una specie di enorme lenzuolo bianco che si estendeva in lontananza. I Cherubini erano completamente scomparsi.

Absolin rimase a bocca aperta. In tutti i suoi secoli di vita non aveva mai visto nulla di simile. Il lenzuolo bianco iniziò a raccogliersi in cumuli e poi a sollevarsi fino a formare una grande nube bianca. La nube bianca aleggiava sopra la Grande Pianura Ricreativa, come se fosse in attesa di fare la prossima mossa.

Rimasto solo, Absolin decise di volare dalla Grande Pianura Ricreativa fino al Bar del Nettare, in cima alle mura. Fu raggiunto dal suo amico Anscar. Trovarono un posto con una buona visuale della pianura e una vista sulla nube bianca che la sovrastava. Alisa si trovava da qualche parte in quella nube. Absolin sperava che le andasse tutto bene.

15 - LA PROCESSIONE ATTRAVERSO LA PIANURA

La processione del Figlio Amato aveva lasciato la Grande Sala del Relax. La predella e il sedile tempestato di gioielli su cui era seduto Il Figlio Amato furono spostati da un lato. Si stava formando una nuova processione.

Le Potestà che trasportavano il carro con il Frutto di Energia Estrema Scelto presero posto alle quattro maniglie. Portarono il carro nella navata centrale e lo allinearono davanti al Maestro delle Cerimonie, Ciro il Dominion. Era tornato in fretta e furia dalla Grande Sala della Pianificazione e si trovava in piedi sull'attenti appena dentro le porte posteriori della sala.

Un distaccamento di Serafini Corazzati era rimasto indietro quando era partita la processione del Figlio Amato. Questi ora si spostarono per assumere la posizione di guardia sui due lati del carro. L'Orchestra Argentea del Paradiso Esterno si schierò dietro il Maestro delle Cerimonie. Dietro di essa si trovava un drappello di trombettisti pronti a suonare una fanfara. In coda c'erano i Principati con i loro stendardi.

La processione era pronta a muoversi. I trombettieri suonarono una fanfara. L'Orchestra Argentea del

Paradiso Esterno iniziò a suonare. La processione uscì attraversando le porte sul retro della Grande Sala del Relax.

La sala si trovava in cima alle mura del Paradiso Esterno. Per raggiungere la Grande Pianura Ricreativa, la processione marciò lungo l'ampia rampa che si snodava a zig-zag fino in fondo. Quando arrivò alla fine, la processione si spostò sull'ampia distesa della Grande Pianura Ricreativa.

Gli stendardi dei Principati sventolavano in una leggera brezza mentre la processione si dirigeva verso la Barriera Invisibile. Avvicinandosi alla meta, la processione si fermò. La Barriera Invisibile si trovava tra il Paradiso Esterno e la Dimensione del Vuoto.

Nella Grande Pianura Ricreativa echeggiò una fanfara di trombe. Le quattro Potestà che trasportavano il carro con il Frutto di Energia Estrema Scelto avanzarono, affiancate dai Serafini Corazzati.

Quando il carro fu posizionato, due Serafini Corazzati si avvicinarono alla Barriera Invisibile. Uno di loro estrasse la spada e l'altro tirò fuori un grande disco. Quattro Serafini Corazzati afferrarono i quattro angoli dell'arazzo che si estendeva sotto il Frutto di Energia Estrema Scelto. Sollevarono il frutto in aria e attesero il segnale.

Ciro il Dominion, il Maestro delle Cerimonie, gridò da dietro: "Ora!"

La barriera fu rapidamente perforata e il Frutto di Energia Estrema Scelto venne gettato nella Dimensione del Vuoto. Il Serafino Corazzato che aveva in mano il disco lo posizionò subito sopra il foro per sigillarlo.

Si udì un suono simile a un'esplosione ovattata. Si poteva vedere il Frutto di Energia Estrema Scelto espandersi nella Dimensione del Vuoto. Si espanse rapidamente, come un palloncino gonfiato in fretta. Stava cambiando colore.

Nella Grande Pianura Ricreativa ora echeggiava la voce della Ciro il Dominion, il Maestro delle Cerimonie: "Ascoltate! Ascoltate! Il Frutto di Energia Estrema Scelto è stato lanciato. Stiamo dando origine al Nuovo Universo!"

Da tutta l'assemblea radunata nella pianura si levò un fragoroso applauso. Seguirono fanfare di trombe che continuarono a risuonare a lungo. Tutti gli occhi erano puntati verso l'espansione esplosiva del Frutto di Energia Estrema Scelto, il Nuovo Universo.

16 - CONTROLLO DELL'ENERGIA

Il Frutto di Energia Estrema Scelto era ormai irriconoscibile mentre continuava a espandersi per trasformarsi nel Nuovo Universo. La nube bianca che si era formata sulla Grande Pianura del Relax era giunta nella Dimensione del Vuoto dal Paradiso Esterno. Dopo essersi librata in attesa, la nube si posò sulla sfera in crescita e venne completamente assorbita attraverso l'involucro esterno.

Entrando, la nube bianca incontrò un vortice di elettroni, protoni e neutroni. I micro-cherubini erano venuti a domare queste particelle e a indirizzarle nelle loro orbite corrette, come atomi veri e propri. Sapevano esattamente cosa fare. Ogni particella di energia fu afferrata e assemblata correttamente.

Ciro il Dominion, il Maestro delle Cerimonie, aveva ordinato: "Niente errori".

Acibeel e Alisa si trovarono nel bel mezzo del caos organizzato. Erano circondati da micro-cherubini che lavoravano freneticamente. Alisa pensò: 'Avrò fatto bene? Tutto questo è fantastico, ma ho un po' di paura.'

Alisa ricordava di aver visto i Serafini Corazzati mangiare fette di Frutto dell'Energia Estrema, ma non avrebbe mai potuto immaginare che all'interno ci fossero miriadi di minuscoli punti di luce. Avvolse le braccia intorno alla vita di Acibeel e si aggrappò a lui.

Quando Acibeel notò che stringeva la presa, le chiese: "Stai bene lì dietro?"

"Sì, penso di sì," gridò Alisa.

"Tieniti forte. Non voglio perderti in questa folla."

Il lavoro dei micro-cherubini finì quando ogni particella, elettrone, protone e neutrone ruotava nella sua giusta orbita. Era ora di lasciare l'universo in rapida espansione e riunirsi nella nube bianca. Acibeel e Alisa furono trascinati nella calca dei corpi mentre la nube bianca si riformava nella Dimensione del Vuoto.

17 - L'ATTACCO DEI DEMONI

Mentre erano intenti a controllare l'energia all'interno del Nuovo Universo, i micro-cherubini erano del tutto ignari di ciò che stava accadendo all'esterno. Nel buio vuoto dello spazio, erano apparse le Porte dell'Inferno. Sciami di Demoni si riversarono nel vuoto. I Demoni avevano corna, ali tozze e code lunghe. Erano armati di lance e tridenti che emettevano intensi raggi distruttivi. I Serafini Corazzati, che avevano dimensioni normali quando si trovavano nella Grande Pianura Ricreativa, si trasformarono in enormi guerrieri nella Dimensione del Vuoto. Formarono una linea di demarcazione tra l'universo in espansione e i Demoni in carica.

Con gli archi oscillanti delle loro spade, i Serafini corazzati menarono fendenti alla fila che avanzava, tagliando completamente a metà alcuni Demoni. I demoni che li seguivano si accorsero di ciò che stava accadendo. Si fermarono, si voltarono e tornarono di corsa alle Porte dell'Inferno.

Il Nuovo Universo era stato salvato e le sue dimensioni continuavano ad aumentare. Mentre cresceva, scagliò le Porte dell'Inferno lontano dalla sua strada e nel nulla dello spazio. I Serafini Corazzati tornarono nel Paradiso Esterno; avevano svolto i loro compiti con successo.

Quando la nube bianca si fu completamente riformata, seguì i Serafini Corazzati mentre tornavano nel Paradiso Esterno. Si fermò sulla Grande Pianura Ricreativa e si distese come un enorme lenzuolo bianco. Il vecchio Dominion Onslom lo stava ancora aspettando sul suo podio.

Quando il Dominio recitò l'incantesimo corretto, "Enchelendar... inbar... ichbar", i Cherubini tornarono immediatamente alle loro dimensioni normali. Absolin stava già aspettando Alisa. Quando Acibeel e Alisa si presentarono a grandezza naturale, Absolin accolse il suo piccolo amico con un abbraccio. Ringraziarono Acibeel per il suo aiuto. Poi i due presero una Bolla e si diressero al Bar del Nettare sui bastioni. Alisa aveva molto da raccontare ad Absolin.

18 - LA VISTA DALL'ALTO

Durante tutti quegli eventi, Absolin era rimasto seduto al Bar del Nettare, in cima ai bastioni. Era stato raggiunto da Anscar, un Angelo Anziano che sedeva accanto a lui.

Absolin suggerì: "Andiamo a sederci sul balcone."

Si erano spostati a un altro tavolo per vedere meglio. Un cherubino portò loro del nettare mentre aspettavano lo spettacolo. Anscar guardò verso la Grande Pianura Ricreativa e attraverso la Barriera Invisibile.

"Guarda, Absolin, c'è una nuvola bianca sospesa sulla pianura. E laggiù sotto, una processione con stendardi che sventolano. È proprio accanto alla barriera."

Sentirono il debole suono di trombe.

"Certo", disse Absolin, "Stanno lanciando il Frutto di Energia Estrema Scelto. Guarda, si sta espandendo nella Dimensione del Vuoto per trasformarsi nel Nuovo Universo. Chissà cosa succederà dopo."

Mentre guardavano, la nube bianca scese in picchiata e scomparve nel globo in espansione. Più tardi videro una specie di pennacchio di fumo uscire dal Nuovo Universo e riformarsi come nube bianca.

Absolin sperava che Alisa fosse al sicuro e che Acibeel l'avesse protetta.

Quando videro la nube bianca tornare nel Paradiso Esterno, Absolin capì che era giunto il momento di incontrare Alisa. Si congedò da Anscar e volò nella Grande Pianura Ricreativa per andare a salutare la sua piccola amica.

19 - IL RESOCONTO

Quando Absolin e Alisa si riunirono al Bar del Nettare, Alisa gli raccontò tutto quello che era successo con gli atomi.

"Oh, Absolin, è stato meraviglioso. Per prima cosa, ero con tutti questi milioni di Cherubini. Mi hanno accettato come se fossi una di loro. È stato bellissimo. Poi siamo stati tutti scagliati in mezzo a un vortice di punti di luce. Immagino che fossero le parti degli atomi. Roteavano vorticosamente."

"Acibeel si è preso cura di te? Temevo che tutto questo fosse troppo per te."

"Sì, certo, sono riuscita a tenermi stretta a lui per tutto il tempo."

"Ottimo." Poi Absolin continuò: "Sei stata davvero coraggiosa, Alisa. Forse ti piacerebbe partecipare ad altre avventure. Pensi che ti piacerebbe?"

"Sì, mi piacerebbe molto."

"Ricordi Ciro il Dominion con la tunica cremisi? Era il Maestro di Cerimonie nella Grande Sala della Pianificazione, ricordi? Mi ha appena chiesto di andare a ispezionare il lavoro dei Cherubini che sono stati rimpiccioliti e trasformati in nuove nuvole di micro-cherubini. Li manderà in diverse ere per lavorare ad alcuni progetti speciali. Se vuoi, puoi venire con me."

"..."Certo, se sono con te."

"Certamente, Alisa. Casualmente, andremo vicino alla tua era. Dovrei poterti portare a casa tua. Vedremo. Che ne pensi?"

"Oh, sarebbe bello. Quando dovremmo partire?"

"Mi assegneranno un altro Angelo come compagno di viaggio. Quindi, devo prima contattarlo. Ora perché non prendi un po' di Torta degli Angeli? Sembri affamato."

Proprio mentre Absolin si alzava da tavola, un piccolo Angelo Verde Pallido si stava avvicinando a lui.

"Onorevole Angelo, sei tu l'Angelo Absolin?"

"Proprio così. E tu sei il mio compagno di viaggio, vero?"

"Sì, sono stato incaricato di accompagnarti durante le ispezioni."

"Angelo Verde Pallido, lei è Alisa. Verrà con noi." Poi, rivolgendosi ad Alisa, Absolin disse: "Come ti dicevo, Alisa, una delle epoche dove siamo diretti è molto vicina alla tua. Quando avrò finito le ispezioni, potremo lasciarti in quell'epoca e in quel posto. Sono sicuro che le altre Alisa sentono la tua mancanza."

"Non sono sicura di aver capito tutto, Absolin. Ma farò come dici tu."

"Porteremo i tuoi vestiti con noi. Puoi cambiarti prima che andiamo a casa tua. Non vorrai sembrare troppo strano."

"Certamente."

"Va bene, allora. Scegliamo una Bolla e muoviamoci."

Absolin controllò le Bolle che svolazzavano e ne scelse una di dimensioni adeguate. I tre si fecero avanti, pronti per il viaggio.

20 - LA NUOVA AVVENTURA

Alisa, Absolin e l'Angelo Verde Pallido volarono in una Bolla sopra la Grande Pianura Ricreativa. Si diressero dove Absolin sapeva che c'era un'uscita per la Dimensione del Vuoto. Ben presto la Bolla sfrecciava nel buio totale.

"Non vedo le stelle. Dove sono?" chiese Alisa.

"Sai quel gigantesco globo che abbiamo appena visto? Le stelle sono lì. Non hanno ancora iniziato a spuntare... lo faranno."

In un istante, viaggiarono per innumerevoli anni luce nello spazio, ma al di fuori del tempo. All'improvviso si vedevano stelle ovunque e loro passarono accanto a una grande palla arancione incandescente.

"Assomiglia un po' a un Sole. È grande e caldo", disse Alisa.

"Sì, è proprio un Sole."

"E cos'è quella cosa davanti a noi? Esiste un pianeta marrone con macchie blu?"

"Sì che esiste, Alisa."

Prima che la bambina potesse replicare, scesero in picchiata sul pianeta marrone e si fermarono vicino a un enorme stagno luccicante.

"Oh, c'è una nube bianca; non pensavo che fosse ancora qui. La vedi là fuori, Alisa, nel bel mezzo dello stagno? È proprio sull'acqua. I micro-cherubini di Ciro il Dominion sono ancora al lavoro."

"Sì, vedo la nube, Absolin. È quello l'aspetto che aveva la mia nube dall'esterno?"

"Era proprio così, ma più grande."

"Cosa stanno facendo?"

"Beh, dovrebbero dare origine alla vita qui. Aspettiamo un po' e vediamo cosa succede."

"Guarda, Absolin, l'acqua sta diventando verde proprio dove c'è la nube. Che cos'è?"

"Fa parte di quello che stanno facendo. È la parte che possiamo vedere."

Una pellicola verde si stava allontanando lentamente dalla nube bianca, in tutte le direzioni.

"Ecco. Sono riusciti a dare origine alla vita sul pianeta. Ora andiamo. Ci sono altri controlli da fare."

Quando la Bolla si allontanò dallo stagno e si alzò in volo, Alisa si accorse ben presto che era diretta verso un'enorme nube scura. Quando la Bolla si immerse nella nube, ovunque non si vedeva altro che buio. Dopo aver percorso una certa distanza, si tuffò sotto la nube e cadde in una tempesta di pioggia torrenziale. Alisa vide l'acqua scorrere da ogni lato. La Bolla sprofondò sempre più in basso, fino a sbucare in una radura tra molti alberi. La pioggia cessò e la Bolla rimase sospesa sopra il terreno, davanti a un gruppo di figure misteriose. Ad Alisa, quelle figure assomigliavano un po' alle scimmie dello Zoo di Padova.

Vicino alla Bolla, stesa a terra, c'era una piccola nuvola bianca. Quando la nuvola si sollevò, rivelò una piccola figura distesa nell'erba alta. Mentre la nuvola si alzava e scompariva alla vista, Absolin iniziò a parlare alla piccola figura. Parlava in una strana lingua. La figura balzò improvvisamente in piedi da terra e si fermò di fronte alla Bolla. Dapprima sembrò confusa, ma poi fissò lo sguardo sull'Angelo e iniziò a rispondere. La sua voce sembrava quella di una ragazzina.

Alisa era perplessa e pensò: "Di cosa stanno parlando?".

Voleva interrompere Absolin, ma decise di non farlo. L'Angelo continuò la conversazione per un po' e poi, quando smise di parlare, la Bolla indietreggiò e fu di nuovo inzuppata dalla tempesta.

Mentre la Bolla cominciava ad accelerare e a librarsi tra le nuvole scure, Absolin si rivolse all'Angelo Verde Pallido e disse: "Il Figlio Amato sarà molto compiaciuto di ciò che i micro-cherubini hanno realizzato qui".

Si muovevano sopra le nuvole e viaggiavano tra le stelle. Poi Alisa scorse un Sole che pensava di aver già visto. Quando abbassò lo sguardo, le nuvole erano scomparse. Non c'erano nuvole: c'erano solo il blu e il verde.

Lei pensò: "Dove siamo? Sembrano le isole della Vecchia Venezia".

"È la Vecchia Venezia?" urlò, "Sono a casa!"

"Sì, Alisa, siamo quasi a Padova."

La Bolla si abbassò fino a fluttuare sopra il vialetto di fronte a un piccolo caseggiato.

"Oh, ecco il nostro cartello stradale, Via San Massimo. Devo salutarti ora? Immagino che il nostro viaggio sia finito."

"Sì, sei a casa, Alisa."

"Mi mancherai tantissimo, Absolin. Ti ringrazio per tutta la tua gentilezza. Non ti dimenticherò mai", disse Alisa, soffocando un singhiozzo.

"Oh Alisa, sarò sempre felice di averti come ospite. Abbracciami e asciugati gli occhi. Ci rivedremo un giorno. Ora vai a mangiare qualcosa."

Dopo un abbraccio, la bambina si fermò e si ricompose. Uscì cautamente dalla Bolla e si voltò per salutare e mandare un bacio ad Absolin. La Bolla indietreggiò lentamente e volò sopra gli edifici nel cielo crepuscolare. Alisa si voltò verso la porta d'ingresso di casa sua.Sua madre la sentì entrare: "Dove sei stata, Alisa? Hai passato tutto questo tempo al Planetario? La tua cena si è raffreddata, quindi l'ho messa in frigo. Ora togliti il cappotto e vieni a mangiare. Ti scaldo dei pancake".

"Che buone, mamma! Mi viene l'acquolina in bocca! Ho una fame da lupi."

21 - LE LEONESSE

Il vecchio leone del Capo cercò di ruggire, ma quello che ne uscì fu un misto di ringhio e lamento. Il ringhio sembrava provenire dal profondo della gola dell'animale. La terribile siccità che aveva colpito le praterie stava facendo sentire i suoi effetti. L'età e i tre giorni senza cibo stavano iniziando a indebolirlo. Il ruggito avrebbe dovuto spaventare qualsiasi animale selvatico si trovasse tra lui e le leonesse, inducendoli a correre verso i grandi felini. Ma anche oggi, non c'era traccia di selvaggina nelle vicinanze: né antilopi, né gazzelle, né gnu.

L'ombra della fame incombeva su tutto il branco. Se non avessero trovato cibo, la loro sopravvivenza sarebbe stata in dubbio, e i membri più giovani sarebbero morti per primi.

Le leonesse del branco furono spinte all'azione dai morsi della fame che le tormentavano sempre di più. Si alzarono tutte insieme e si avviarono verso il fiume. Quella che un tempo era stata una corrente rapida era diventata poco più di un ruscelletto. Le leonesse iniziarono a insinuarsi lungo la sua riva. Forse un animale sarebbe venuto a bere. Passarono accanto a una grande carcassa. Un avvoltoio era accovacciato lì, e continuava a spolpare le ossa. Proseguendo, infine avvistarono una gazzella solitaria lungo il torrente. La gazzella stava bevendo, ignara di qualsiasi pericolo.

In assenza di cespugli dove nascondersi, le leonesse avrebbero dovuto circondare la gazzella, in modo da impedirle di fuggire. All'improvviso l'animale balzò in piedi, spaventato. Sapeva che c'era pericolo. Cominciò ad allontanarsi, ma era troppo tardi. La leonessa più veloce si mise subito alle sue calcagna. Con un balzo, afferrò il fianco della gazzella. L'animale crollò a terra e il felino gli affondò i denti nel collo. Le altre leonesse si avvicinarono rapidamente alla preda e iniziarono a strappare ogni boccone di carne dalle sue ossa. I membri più giovani del branco non sarebbero riusciti a ottenere nemmeno un boccone di questo cibo nella calca dei corpi. Prima di potersi sfamare avrebbero dovuto aspettare che le loro sorelle maggiori fossero sazie.

Le leonesse si allontanarono di nuovo lungo le rive del torrente. Avevano esplorato molte anse senza trovare nulla. Gli stormi di uccelli si raccoglievano davanti a loro ma, al loro avvicinarsi, volavano via e scomparivano come un miraggio. I felini proseguirono, sotto i raggi roventi del sole di mezzogiorno. Poi nell'aria iniziò a diffondersi un odore ignoto. Le leonesse proseguirono seguendo quell'odore e, spinte dalla fame, iniziarono a muoversi in quella direzione. Stavano correndo tra due giungle quando, su una collina, in mezzo alle praterie aride, videro un gruppo di animali a due zampe. Il gruppo era quasi immobile, come in attesa dei grandi felini. Spinte dall'istinto, le leonesse rallentarono e si dispersero, per circondare la preda. E così il branco di leoni poteva finalmente sopravvivere alla stagione.

22 - UNA TRAGICA FINE

Dal margine di una giungla emersero creature bipedi capelli scuri. Si fecero strada a fatica in un labirinto di rami e cespugli. Poi, alla luce del sole, si riorganizzarono e iniziarono ad attraversare una prateria arida. Le creature si dirigevano verso gli alberi di un'altra giungla, proprio davanti a loro. Prima che potessero raggiungere il fresco della giungla, una di quelle creature di capelli scuri vide un grosso felino che si aggirava tra lui e i primi alberi. Guardò a destra e a sinistra; c'erano felini tutto intorno. Ora il gruppo era circondato da un branco di leonesse. I felini si avventarono e fecero cadere rapidamente a terra tutte le creature di capelli scuri. Ciascuna leonessa trovò un collo da mordere per dare inizio all'agonia della sua preda. Urla e guaiti riempirono l'aria. Il gruppo era condannato.

Solo due maschi adulti e una giovane femmina riuscirono a tirarsi fuori da un mucchio di corpi che si contorcevano. Corsero terrorizzati verso la salvezza tra gli alberi, dritto davanti a loro. Raggiunti gli alberi, gli adulti si fecero strada nella boscaglia e si arrampicarono sui rami. Poiché la giovane femmina non riusciva a tenere il passo, una volta raggiunta la boscaglia proseguì. Spaventata, si imbatté in un gruppo di madri intente a giocare con i loro piccoli. La femmina corse verso quella più vicina e affondò la testa nel collo della madre. La madre lasciò cadere il piccolo che teneva in braccio e gettò le braccia intorno alla piccola creatura tremante di capelli scuri. Rimasero così, mentre le altre madri uscivano a vedere cosa era successo sulla prateria. Lì si bloccarono per lo spavento. Quando tornarono, afferrarono tutti i piccoli e si arrampicarono sugli alberi. La piccola femmina dai capelli scuri venne aiutata a salire su un albero e spinta su un mazzo sospeso di ramoscelli e foglie. Lei si sdraiò lì, tremando per lo spavento.

Più tardi, alzandosi a sedere, la creatura di capelli scuri iniziò a dire con la sua vocina: "Crumm... Crumm..." ma le madri non capivano.

Si guardavano con aria interrogativa e grugnivano tra loro. Annusarono il piccolo corpo di capelli scuri e armeggiarono con i suoi capelli.

I maschi sfuggiti al massacro si erano arrampicati sui rami più alti e guardavano attraverso il fogliame dove le leonesse stavano ancora divorando i corpi dei loro simili. Non si udivano più né strilli né grida. Ad eccezione dello scricchiolio di un osso di tanto in tanto, su tutto aleggiava un silenzio cupo. Alla fine, quando questi sopravvissuti si allontanarono dalla scena dell'orrore, si accorsero di essere osservati da altri bipedi che li guardavano attraverso il fogliame.

Uno dei sopravvissuti iniziò a dire: "Crumm... Crumm..." ma i suoi versi non suscitarono alcuna reazione.

Gli altri bipedi voltarono le spalle e tornarono nella giungla. I sopravvissuti scrollarono le spalle e si dedicarono ad assaggiare le foglie di questa nuova giungla. I loro compagni morti furono presto dimenticati.

23 - I PELO SCURO

Le creature bipedi dal pelo scuro di questa storia erano i Cee Persh. Vivevano nelle giungle dell'Africa meridionale in epoca preistorica. Il nome Cee Persh li distingue da molti mammiferi bipedi simili noti agli antropologi. Gli antropologi chiamano questo tipo di raggruppamento "un band". I Cee Persh erano flessuosi e snelli, con braccia e gambe forti. La maggior parte del loro corpo era ricoperta di peli. La banda di cui tratta questa storia, la banda che fu quasi sterminata dalle leonesse, la chiameremo i Cee Persh di Pelo Scuro. Stavano andando a incontrare i loro cugini che non vedevano da tanto tempo. Questi cugini avevano il pelo chiaro, probabilmente perché vivevano da molte generazioni più lontano dall'equatore. Un tipico volto di Cee Persh non era tanto diverso da quello di un essere umano, tranne per il fatto che i lineamenti non erano altrettanto slanciati e arrotondati. I Cee Persh avevano il naso piatto e gli occhi castano scuro in orbite profonde.

I Cee Persh comunicavano tra loro usando suoni basilari. Il loro linguaggio consisteva in grugniti, ringhi e strilli. Sebbene camminassero principalmente su due zampe, vivendo nella giungla, trascorrevano gran parte della loro vita dondolandosi da un ramo all'altro e spostandosi da un albero all'altro. I maschi adulti potevano essere alti circa 1650 millimetri, e le femmine adulte circa 1520 millimetri.

Per sopravvivere, i Cee Persh vivevano tra gli alberi della giungla, ad alta quota. Qui erano al riparo dai predatori più pericolosi. Quando si trovavano di fronte a un nemico, l'unica soluzione che avevano per difendersi era urlargli contro o fuggire. A volte, se uno di loro si trovava di fronte a una grave minaccia, non faceva altro che spostarsi in un'altra area alberata. Ma in ogni caso, dove non c'era giungla non c'era protezione. I Cee Persh avevano la visione a tunnel. La maggior parte delle loro energie era concentrata nel proteggere se stessi e la banda.

Questa storia è ambientata nelle giungle del continente sudafricano. Le origini dei Cee Persh sono necessariamente avvolte nel mistero, così come la durata della loro permanenza nei rifugi nella giungla. Anche se i Cee Persh di pelo scuro e i loro cugini di capelli chiaro erano diversi nell'aspetto, condividevano lo stesso patrimonio genetico.

La banda, che fu quasi completamente sterminata dalle leonesse, stava attraversando la prateria per incontrare l'altra banda della stessa specie. Avrebbero potuto attraversare per scambiare femmine o per trovare cibo migliore. Questo disastro, l'incontro fatale con i leoni, era insolito in quanto i Cee Persh generalmente non si esponevano al pericolo all'aperto. Grazie alla loro memoria di gruppo, sapevano di essere sempre più vulnerabili negli spazi aperti, privi di alberi.

24 - VITA NELLA GIUNGLA

Non appena la prima luce del sole filtrava tra le foglie del loro rifugio, i Cee Persh iniziavano a cercare il cibo per la giornata. Cercavano foglie commestibili fresche e qualsiasi bacca o frutto a guscio che riuscissero a trovare. Le madri con i piccoli cercavano foglie tenere da preparare per le loro minuscole bocche. I membri di una banda trascorrevano tutto il tempo tra le cime degli alberi. Nel corso delle generazioni, avevano imparato che il posto più sicuro per loro era tra i rami più alti. Le foglie e i frutti degli alberi fornivano loro il cibo necessario. Tutti erano nati, vissuti e morti lì, e le loro vite erano per lo più tranquille.

Anche se nella giungla si potevano trovare animali pericolosi da evitare, i Cee Persh erano riusciti a fare amicizia con altri abitanti della giungla. Le madri avevano stretto amicizia con le Lucertole dai Denti Aguzzi che vivevano al loro fianco. Queste offrivano una protezione in più per i giovani. Le lucertole, catturando ragni pericolosi e altri insetti, potevano aggiungere un ulteriore livello di protezione. Da parte loro, le madri offrivano bacche alle Lucertole dai Denti Aguzzi i cui artigli erano adatti per lo più ad arrampicarsi, ma non a raccogliere questi frutti. Ogni volta che una Lucertola dai Denti Aguzzi passava accanto a una Cee Persh madre, si ritrovava con una bacca tra le fauci.

L'arrivo dei tre esemplari di Pelo Scuro sopravvissuti all'attacco delle leonesse fu a malapena notato dalla banda di Pelo Chiaro. Avevano trovato un rifugio sicuro in quella nuova giungla e si erano immersi nella routine quotidiana. Questo era particolarmente vero per la piccola Pelo Scuro femmina. Anche se non capiva ancora il linguaggio di questi Persh, intuiva l'esistenza di una relazione speciale tra le madri e le Lucertole dai Denti Aguzzi. Si arrampicava fino al punto in cui un piccolo veniva nutrito e vedeva una bacca spuntare nella bocca di una lucertola di passaggio. Le madri insegnarono alla loro nuova figlia a nutrire le lucertole con le bacche. In pochissimo tempo si era unita alle madri nell'accudimento dei loro piccoli.

25 - UNA STRANA AMICIZIA

La forte amicizia della banda di Cee Persh con le Lucertole dai Denti Aguzzi era nata dopo la fuga dei Persh da un'invasione di malvagie Scimmie del Capo. La banda era stata costretta a trasferirsi in un'altra parte della giungla per sicurezza. Le scimmie avevano spesso attaccato i Persh, cercando di sottrarre loro le femmine giovani. Questa era una vera minaccia per la banda, che doveva essere molto protettiva verso i piccoli. Ora, in questa nuova parte della giungla, avevano trovato e sicurezza e, fortunatamente, incontrato le Lucertole dai Denti Aguzzi. L'amicizia con le lucertole sbocciò. I Cee Persh si sentivano al sicuro.

Tuttavia, in un'occasione, al calar del tramonto, alcuni Persh che si trovavano nei pressi di una radura nella giungla udirono un suono spaventoso. Il suono li fece rabbrividire fino alle ossa. I guaiti che udivano potevano essere solo quelli delle malvagie Scimmie del Capo. Le scimmie avevano scoperto dove erano fuggiti i Persh e sarebbero presto venute a cercare di catturare le femmine giovani. Quando alcune madri e femmine giovani andarono a dormire nei loro nidi, le Scimmie del Capo fiutarono la loro presenza.

Una scimmia è arrivata a un nido attraverso il fitto fogliame e si è diretta verso una giovane femmina. Afferrò la femmina per un braccio e le strinse la vita. La sollevò mentre urlava e si avviò verso il fitto fogliame. Ma una Lucertola dai Denti Aguzzi, aggrappata a un tronco d'albero, saltò di lato sulla spalla della Scimmia del Capo e le affondò i denti collo. Apparvero altre Lucertole dai Denti Aguzzi che afferrarono le braccia e le gambe della scimmia. Affondarono i denti nella carne. La scimmia guaiva e si agitava selvaggiamente. Lasciò cadere la giovane Persh femmina e si voltò per fuggire. Mentre fuggiva, si imbatté in altre Scimmie del Capo che volevano unirsi alla caccia. Queste scimmie ricevettero lo stesso trattamento dalle Lucertole dai Denti Aguzzi, che mordevano carne inconsapevole. Echeggiò un forte frastuono di guaiti mentre le Lucertole di Denti Aguzzi afferravano le braccia e le gambe delle scimmie in fuga e gli animali inciampavano o cadevano a terra.

Nonostante questa vittoria delle Lucertole dai Denti Aguzzi, si continuava a temere che, a un certo punto, le Scimmie del Capo potessero superare le lucertole e raggiungere le femmine giovani. La banda dei Persh viveva ormai ai margini del confine più lontano del suo insediamento nella giungla. Non c'era altro posto dove andare se mai le Scimmie del Capo avessero sopraffatto le lucertole. L'unica soluzione permanente per la banda era quella di raggiungere l'altra giungla, quella che si vedeva al di là di un'ampia striscia di praterie. Tuttavia, il loro istinto li avvertiva dei pericoli che avrebbero corso esponendosi in campo aperto. L'istinto diceva loro anche che, durante una traversata, solo una forte pioggia avrebbe impedito all'odore dei loro corpi di propagarsi fino alle narici dei carnivori erranti. Per fuggire verso la salvezza permanente, avrebbero dovuto aspettare i forti rovesci tipici della stagione delle piogge. I Persh più anziani fece attendere la banda fino al primo forte acquazzone. Avrebbero continuato ad aspettare fino al momento giusto.

La fuga sarebbe stata traumatica. Quella era l'unica dimora nella giungla che la banda avesse mai conosciuto. Non avevano memoria di quanto fosse accaduto ai loro antenati. Ma era giunto il momento di trasferirsi in una nuova giungla, dove non c'erano malvagie Scimmie del Capo.

26 - UN NUOVO INIZIO

Sulla giungla che ospitava la banda di Cee Persh stavano calando nubi scure. Iniziarono allora i primi acquazzoni della stagione delle piogge. Per i Persh era giunto il momento di cercare una nuova dimora in quella giungla al di là della prateria. All'alba, pioveva a diluvio e non accennava a smettere.

Un maschio più anziano chiamò: "Graaak... grick... graaan..."

Ogni membro della banda smise di fare ciò che stava facendo e, abbandonando i nidi e i ponti frondosi, si lanciò verso il suolo della giungla. I sani aiutarono i fragili. Le madri si lanciarono a terra con i piccoli sotto le braccia. La banda si riunì nel sottobosco. Erano tutti pronti a seguire i Persh più anziani mentre uscivano nel diluvio accecante.

"Greeek... greeek!" la banda avanzava a fatica.

Presto tutti quei corpi pelosi furono inzuppati dall'acqua torrenziale. Anche se non vedevano altro che un muro di acqua che cadeva, i Persh continuavano ad avanzare.

Erano ancora sommersi dal temporale, quando improvvisamente il cielo sopra di loro si rischiarò. La pioggia cessò e l'aria divenne più fresca. I Persh percepirono il pericolo e si fermarono dove si trovavano. L'acqua continuava a scorrere lungo i loro corpi mentre una nebbia cominciava a diffondersi su di loro.

Alcuni adulti più anziani grugnirono confusi: "Graaa... graaa...".

La foschia si trasformò in una nebbia e poi si condensò in una nube bianca. La nube avvolse la femmina a Pelo Scuro, la giovane sopravvissuta. Prima era in piedi vicino alle madri Persh, ma ora era completamente nascosta nella nube; era scomparsa dalla vista.

Nel frattempo, un'enorme sfera traslucida era emersa tra la pioggia torrenziale. Fluttuò sopra l'erba alta e si mosse verso la nube bianca. All'interno della sfera, tre figure luminose si libravano a mezz'aria. I Persh che videro tutto ciò rimasero in un silenzio attonito o si misero a trascinarsi avanti e indietro.

La nube bianca si sollevò e si librò in alto sopra la scena. La giovane femmina dai capelli scuri riapparve, sdraiata sull'erba bagnata. Si udì un suono melodioso e lei balzò in piedi. Rivolse immediatamente lo sguardo verso la sfera traslucida. C'erano tre figure in fila, una accanto all'altra. Al centro si trovava una figura alta. Quella figura dai capelli dorati era completamente coperta da una lunga veste bianca e aveva enormi ali di piume. Su un lato di questa figura ce n'era un'altra molto più piccola. Era una specie di copia della figura grande. Aveva le ali, ma il suo colore era verde pallido e le sue dimensioni erano all'incirca quelle di un giovane

Persh maschio. La figura sul lato opposto aveva un aspetto diverso. Aveva lunghi capelli scuri e indossava una tunica argentea lucente con una corda dorata come cintura. Questa figura non aveva ali proprie, ma stava sotto un'ala della figura alta. I volti di quelle figure non erano tanto diversi da quello di un Cee Persh. Avevano occhi, naso e bocca, ma i loro volti erano lisci. Tutti e tre irradiavano cordialità e i loro occhi brillavano come stelle. Questi occhi guardavano direttamente la piccola creatura dai capelli scuri che li stava fissando.

"...Salve Ana. Ti porto saluti dal passato... e dal futuro. Ti chiamo Ana perché questo è il nome che mi è stato dato per te", disse la figura alta. Continuò: "Sono qui per comunicarti che ora puoi capire ciò che dico. Ora puoi parlare la lingua che sto parlando io. Ora capisci cosa succede intorno a te e puoi immaginare cosa sta succedendo altrove. Tu credi nel futuro."

"..."Graaa... graaa... cosa... chi... chi sei?" Ana si sforzò di parlare.

"Non aver paura. Io sono Absolin, un Angelo. Sono venuto qui per confermare che i micro cherubini della nuvola bianca hanno svolto bene il loro compito. Il loro compito era trasformarti in un essere che non era mai esistito prima. Ora sei quel Nuovo Essere", disse l'Angelo a bassa voce.

"M... m... mi porterai via?" chiese Ana, che voleva sapere cosa stava succedendo.

L'angelo rispose: "Rimarrai con quelli di Pelo Chiaro per aiutarli a sopravvivere". So che farai un viaggio, ma non ne so molto di più. Hai ricevuto il dono di una nuova luce per la tua mente e quello di dare la stessa luce agli altri. Inoltre, ti sono stati dati doni che permetteranno al tuo corpo di sopravvivere e resistere.”

“E... e... e... tu resterai con me?” chiese Ana.

“Il nostro posto non è qui. Il nostro posto è altrove. Ora ce ne andiamo”, rispose l’Angelo, e poi: “Ana, prenditi cura di te... e degli altri”.

A quel punto, la sfera traslucida iniziò a ritirarsi. Il trio sospeso in aria scomparve nella tempesta di pioggia torrenziale.

Ana si sedette sull’erba bagnata. Con la mente che vorticava, si guardò intorno per ricordare dove si trovasse.

“Dove sono? Con chi sono?” si chiese, e si sentì come risvegliata da un lungo sogno: “Da dove vengono tutti questi colori? Perché ho i peli così bagnati?”

I Persh furono sorpresi di sentirla emettere questi strani suoni. Grugnivano tra loro. Ana stava parlando la sua nuova lingua.

Era come se avesse sempre vissuto in una scatoletta, e quella scatoletta ora fosse stata improvvisamente aperta.

Pensò: ‘Mi sento completamente diversa dentro, e molto diversa da coloro che sono con me. Chissà cosa sono loro per me adesso. Nella mia nuova lingua, li chiamerò con il nome che mi ha dato l’Angelo. Sono la mia famiglia di Pelo Chiaro.’

La pioggia torrenziale iniziò a stringere il gruppo. I maschi più anziani ricominciarono a guidare il gruppo sotto il diluvio per trovare un'altra giungla. Mentre avanzavano, Ana si destreggiava tra mille pensieri e sensazioni nella sua mente. Aveva a che fare con un mondo completamente nuovo. Nella sua mente brulicavano stelle luminose di tutti i colori, in netto contrasto con il cupo acquazzone. Anche l'acqua che le scorreva tra i peli del corpo aveva un significato nuovo. Era praticamente un'espressione fisica di qualcosa che non aveva mai conosciuto prima. Si sentiva piena di gioia.

Era certa che i Pelo Chiaro in fuga sarebbero presto stati al sicuro in un'altra giungla. Tutto sarebbe andato bene.

Il gruppo salì a fatica su una collina e incespicò nell'erba più lunga. Facendosi strada tra la boscaglia e il fitto sottobosco, raggiunsero il volto oscuro di una nuova giungla. Non fecero alcuna incursione per controllare se era sicura. Si sentirono solo sollevati per aver trovato un riparo. Confidavano che fosse sicuro.

27 - DOPO L'ANGELO

Mentre continuava a piovere, i Cee Persh entrarono nella loro nuova dimora nella giungla. Il loro istinto era ancora scosso dagli eventi accaduti alla femmina di Pelo Scuro. Senza controllare se ci fossero pericoli, si fecero strada e iniziarono a rifocillarsi con foglie e bacche. Mangiarono come lucertole affamate. Le femmine infilarono bocconcini in bocca ai loro piccoli.

Quando i maschi furono sazi, costruirono nidi e altri giacigli. Poiché stava ancora piovendo, non costruirono nulla sulle cime degli alberi. Scelsero le aree più in basso, quelle meno grondanti d'acqua. Costruirono come avevano sempre costruito, e Ana lavorò con loro. Con la sua nuova comprensione lei, li aiutò a costruire giacigli migliori. Ora sapeva fare i nodi ai ramoscelli, una cosa che prima non avrebbe mai pensato di fare.

"..."Stai facendo un lavoro meraviglioso, mio piccolo Nuovo Essere. Sono così felice di salutarti..." una voce melodiosa vibrò dentro Ana. Stupita, interruppe il suo lavoro.

Era un'altra nuova esperienza per lei.

Si scervellò: 'Da dove viene questa voce? È la voce dell'essere luminoso?'

La voce parlò di nuovo: "...Spero che potremo incontrarci presto. Ho tante cose da mostrarti..."

Ana si sentì sollevata e disse ad alta voce: "Chi sei, sei qui? Dove sei?"

Ma nessuno rispose. Sebbene le parole le fossero vibrate dentro, sentì che provenivano da un posto molto lontano. Era contenta di avere sentito quella voce, ma da qualche parte qualcuno la stava guardando. Sperava che la voce tornasse e le dicesse molto di più.

La chiamò "la Voce Melodiosa".

28 - LE ISTRUZIONI

I Cee Persh maschi avevano costruito un nido per la femmina misteriosamente trasformata. Sapevano istintivamente che quella femmina di Pelo Scuro era completamente cambiata, che era qualcosa di diverso. Percepivano una nuova forza in sua presenza. Quando il suo nido fu finito, Ana, che si sentiva completamente esausta, entrò, si lasciò cadere e si addormentò rapidamente. Dormì lì, completamente ignara, per tutto il resto della giornata e fino all'indomani. Al risveglio, le prime cose che notò furono il profumo della giungla e il canto allegro degli uccelli.

Lei si sdraiò, accarezzandosi i peli sul corpo. Poi si alzò a sedere per guardarsi. Guardandosi davanti, pensò: 'Mi piacciono tanto i miei seni e la mia pancia così lisci e caldi e i peli così piatti sulla mia pelle.' Non riusciva a vedersi il viso, ma al tatto sentiva che era anch'esso liscio e tiepido. Pensò: 'Oh, quanto sono bella, e sono circondata da tanti colori, sfumature di verde e marrone. Oh, e gli alberi mi circondano in tutte le direzioni e scompaiono nel buio.' Notò che in alto c'erano macchie blu lei.

Mentre la sua fantasia vorticava, fu interrotta dalla Voce Melodiosa: "...Mio piccolo Nuovo Essere..." disse lui, "... devi unirti al maschio che sta in piedi sopra di te sul ramo spaccato. Devi accoppiarti solo con quell'individuo di Pelo Chiaro. Ti ho dato la conoscenza di ciò che devi fare..."

Ana alzò lo sguardo e vide un giovane maschio di Cee Persh in piedi su un ramo spaccato sopra di lei. Si stagliava contro la luce del mattino e lei pensò: 'Sembra carino con il cielo come sfondo. I suoi peli sono chiari, ma chissà se posso farlo. Sono ancora giovane, ho appena raggiunto la maturità. Sono pronta? Ma la Voce Melodiosa dice che devo farlo... quindi lo farò! Sento di avere piena fiducia nella Voce Melodiosa. Sto pensando alla parola che usano i Pelo Chiaro per chiedere aiuto, "Grruu", quindi lo chiamerò Croh.'

Sapeva cosa doveva fare e si girò verso di lui. Ana aveva notato che i Persh ora erano molto timidi con lei. Si chiese come Croh avrebbe reagito alle sue indicazioni.

Lei grugnì: "Graak... graak..." in Persh e indicò dove aveva dormito.

Quando Ana raggiunse il letto di foglie, si sdraiò e fece cenno a Croh di sdraiarsi accanto a lei. Croh rispose e scese nel suo nido. Il suo corpo si irrigidì quando il giovane Persh la toccò per la prima volta. Le lacrime le rigarono le guance quando lui la guardò negli occhi.

Vide gli occhi dei suoi antenati. Ben presto, tuttavia, i corpi del Persh maschio e della Nuova Essere femmina si unirono in un intimo abbraccio.

Ana era felice ed era certa che la Voce Melodiosa sarebbe stata soddisfatta del loro accoppiamento. Mentre Ana e Croh erano sdraiati lì, dall'alto filtravano raggi di luce solare. Il canto degli uccelli echeggiava nella giungla e gli insetti ronzavano ovunque. I due iniziarono a mordicchiare foglie e frutti. Erano partner in una nuova relazione misteriosa. Tre femmine Persh si accovacciarono vicino alla coppia. Avevano visto tutto. Quando Ana le notò, ne fu divertita e sorrise tra sé e sé. Le chiamò "Itsi, Bitsi e Citsi". Erano testimoni dell'inizio della relazione tra Ana e Croh.

29 - FACCIA BIANCA

Ana mostrava sempre alle vedette dove dovevano vigilare di giorno e di notte. Questo la aiutava a sentirsi al sicuro. A volte, di notte, mentre giaceva nel suo nido, lasciava che la sua mente ricordasse la figura bianca e luminosa nella Bolla. Una notte, mentre giaceva nel suo nido, vide una cosa bianca che faceva capolino tra le fronde sopra di lei.

'E quello cos'è?' pensò: 'Perché è bianco?'

Si alzò lei e si dondolò ramo per ramo fino alle cime degli alberi. Quando trovò un ramo a cui aggrapparsi, fissò lo sguardo attraverso le foglie. C'era quella cosa bianca nell'oscurità, tra molti puntini luminosi. Ana vide che quella cosa era rotonda e aveva un volto.

Guardò a lungo quel volto e iniziò a parlare: "Oh, Faccia Bianca, sembri così lontano. Non ti avvicini mai? Perché non vieni mai nella giungla?"

Ana era contenta di poter creare nuovi suoni e dare loro un significato. Lei era felice di avere un nuovo amico, ma le sue parole non sembravano smuovere quel volto. Non ci fu risposta, solo un silenzio rotto dalle deboli grida di un animale lontano.

Ana continuava a guardare mentre lei pronunciava il nome, "Faccia Bianca", e poi, "che spettacolo meraviglioso sei. Mi sento molto attratta da te."

Cantò persino una canzoncina, ma nessuno rispose.

Lei pensò: 'Chissà se la Voce Melodiosa proviene da Faccia Bianca.'

Mentre Ana guardava, Faccia Bianca si mosse tra i puntini luminosi nell'oscurità. Cominciò a scendere e alla fine si lasciò cadere tra le lontane cime degli alberi.

Mentre lui scompariva, lei pensò: 'È lì che riposa Faccia Bianca? È lì che ha il suo nido?'

Quando Faccia Bianca svanì, Ana scese ramo dopo ramo fino a nido lei e cadde in un sonno agitato. Per molte notti, Ana si avvicinò alle cime degli alberi per parlare con Faccia Bianca. Lui cambiava forma e a volte non appariva, ma Ana gli parlava sempre.

"Oh, Faccia Bianca," lei diceva, "come ti senti? Ora hai un aspetto molto diverso."

Ana non riceveva mai una risposta, ma continuava a parlare lei. Gli raccontava per filo e per segno tutti gli eventi della giornata. Continuava a parlare finché Faccia Bianca non andava a risposare tra le lontane cime degli alberi. Durante una di queste visite, Ana pensò: 'Devo trovare il nido di Faccia Bianca... per scoprire dove va a dormire. Significherà che dovrò uscire da questa giungla e andare dove vive Faccia Bianca. Non ci posso andare da sola. I Pelo Chiaro dovranno venire con me. Dovremo partire insieme.'

30 - IL FRUTTO ROSA

Una mattina, quando Ana si svegliò, il cielo era insolitamente luminoso. La luce filtrava tra i rami più alti. Non c'era più acqua che gocciolava. La stagione delle piogge era finita. I Cee Persh avevano già costruito nuovi nidi e ponti più in alto, sulle cime degli alberi. Ma Ana era irrequieta. A volte si chiedeva cosa fosse successo agli esseri nella Bolla. Pensava che non li avrebbe mai più rivisti. Sapeva che era ora di partire in cerca del nido di Faccia Bianca. Immaginava che si trovasse nella parte più alta degli alberi lontani. Pensò: 'I Pelo Chiaro dovranno venire con me, ma come farò a convincerli?'

Una mattina Ana sentì la Voce Melodiosa dentro di lei : "...Vai al limite della giungla. Guarda fuori e vedi cosa riesci a trovare..."

Ana andò al limite della giungla con Croh. Rimase in piedi a guardare la prateria. La fila di tronchi d'albero continuava in lontananza da un lato e la distesa verde si estendeva fino ai piedi di un'altra giungla. Quella giungla copriva completamente alcune colline basse. Oltre quelle colline c'era un monte lontano, la cui cima bianca arrivava fino al cielo. Ana pensò: 'Quel monte dalla cima bianca deve essere nella stessa direzione del nido di Faccia Bianca.' Notò poi vicino a lei, appena oltre la giungla, quelli che sembravano cespugli di frutti rosa. Ana sapeva che la banda non mangiava nulla che non fosse verde, marrone o rosso. Ma pensava lei che a loro sarebbero piaciuti quei frutti rosa come dolci.

"…Vai a mangiare, piccolina…" La Voce Melodiosa insisteva.

Dopo aver raccolto un frutto e rotto un guscio esterno con un bastone, Ana scoprì che all'interno c'era un succulento frutto dolce. Lei pensò: 'Li userò come dolcetti per invogliare i Pelo Chiaro.' Prese un mazzo di frutti, li estrasse dai gusci e usò un vassoio di corteccia d'albero per raccoglierne un certo numero. Poiché non ce ne sarebbero stati abbastanza per tutto il gruppo, avrebbe provato a offrirli solo ai maschi.

Ana portò i frutti rosa sulle cime degli alberi, fino a un terrazzo dove erano seduti alcuni maschi anziani. Offrì lei dei frutti rosa a loro e vide che li trovavano deliziosi. Quando Ana tornò a terra, gridò "Eh… eh… eh…" in persh. Tutti i maschi si radunarono intorno a lei, che indicò il punto in cui crescevano i frutti rosa. Lei agitò un braccio e loro la seguirono fino alla prateria.

Prima di presentare i frutti rosa alla banda, Ana sapeva che i maschi avrebbero dovuto trovare il modo di proteggere se stessi e l'intera banda, una volta lasciata la sicurezza della giungla. Erano vulnerabili a tutti i tipi di pericoli, non ultimo quello della presenza di animali più forti di loro. Era giunto il momento di addestrarli a fare ciò che lei ordinava.

Ana fece sedere il gruppo intorno a lei e iniziò la lezione. Prese uno dei maschi giovani dall'aspetto più forte e gli fece cenno di venire avanti. Aveva già raccolto lei un grosso mucchio di frutti rosa e aveva capito come aprire i gusci duri con un bastone. Con il mucchio accanto a sé, iniziò la mossa successiva. Sollevò il braccio destro sopra la testa e fece cenno al giovane maschio di imitarla.

"Orgh... orgh... orgh..." disse, ma incontrò uno sguardo assente.

Sollevò lei di nuovo il braccio e non ricevette risposta. Ana aveva provato a fare quel movimento più volte prima che il giovane maschio alzasse il braccio. Ana fece un passo avanti, gli diede una pacca sulla guancia e gli mise in bocca un frutto rosa. Il giovane Persh rimase fermo per un attimo e poi, come trasformato, emise un grido. Lanciò entrambe le braccia in aria e danzò in cerchio.

"Aaagh... aaagh..." gridò felice.

Ana eseguì lo stesso esercizio con ciascuno dei maschi finché tutti non ebbero imparato ad alzare un braccio in risposta a lei. Ciascuno di loro fu premiato con un frutto rosa. Questo addestramento sarebbe diventato essenziale man mano che i maschi imparavano a obbedire alle istruzioni. Avrebbero imparato le abilità utili per difendere la banda mentre attraversava a zig-zag le praterie verso il nido di Faccia Bianca. Avrebbero dimenticato la nostalgia delle foglie della loro giungla. Si sarebbero invece affidati alle indicazioni di Ana sui cibi da mangiare durante il viaggio.

Ana sapeva lei di avercela fatta. Sentiva una nuova serenità e fiducia nel suo piano. 'Splendido, oh sì, splendido,' pensò lei. Grazie alla sua capacità di sgusciare il frutto, ora poteva convincere i Persh a lasciare la loro dimora nella giungla e seguirla nella sua ricerca. L'intera banda avrebbe seguito i maschi mentre si univano a lei. Avrebbero saputo che stavano andando in un posto migliore. Avrebbero seguito la loro leader ovunque li avesse condotti.

31 - AUTODIFESA

All'alba successiva Ana fu raggiunta da Croh, dai maschi adulti e da tutta la banda dei Cee Persh, fino al più piccolo. Si radunarono davanti al limite della giungla. Ana li sistemò in tre file per il viaggio. I maschi adulti furono assemblati in due file parallele. Tra queste file ce n'era una composta da femmine e piccoli. Così avrebbero avuto una certa protezione. Poiché i maschi non erano armati, era molto importante che la colonna si mantenesse vicino al limite della giungla. In caso di pericolo, sarebbero potuti fuggire tra gli alberi per essere al sicuro. Stavano iniziando il viaggio in cerca del nido di Faccia Bianca.

Poiché i Persh erano abituati a mangiare per la maggior parte del tempo, Ana si assicurò che il gruppo portasse foglie fresche da mordicchiare lungo la strada. Lei portava un vassoio di corteccia pieno di frutti rosa per uno scopo speciale.

Poco prima di partire, Ana lanciò un'ultima occhiata alla prateria. In lontananza lei vide una sfera traslucida. La sfera rimase lì per qualche istante prima di svanire. Ana non si lasciò distrarre e diede l'ordine di partire "Graw... graw".

La colonna arrancò lungo le praterie, costeggiando la giungla, seguendo il sogno della leader. Raggiunsero un pendio verso il basso e si fecero strada tra gli arbusti alti fino alla vita. Ana vide in lontananza alcuni mammut, ma non sapeva lei cosa fossero. Passarono accanto a un branco di gazzelle che si spaventarono e corsero via.

Quando giunsero ai piedi di una collina, Ana vide che una parte di essa era crollata, scoprendo un'area di pietre sfuse. Si diresse verso lei le pietre e si chinò per prenderne una. Le pietre, aguzze e piatte, sarebbero state utili come arma di difesa. Ana chiamò i maschi adulti intorno a lei e indicò le pietre. Prese una pietra, appena più grande del suo pugno. Fece cenno al gruppo di imitarla. Dopo vari tentativi, i maschi capirono e iniziarono a raccogliere le pietre. Ana premiava con un frutto rosa ogni maschio adulto che aveva in mano una pietra. Presto ognuno di loro ebbe in mano una pietra piatta e aguzza. Ora erano attrezzati per proteggersi.

"Adesso dobbiamo prepararci..." Si interruppe lei quando si rese conto che non stava parlando in Persh. Quindi disse: "Grrh... gronk..."

La banda ricompose le file e si diresse verso il nido di Faccia Bianca. Ana avrebbe trovato il modo di consentire alla banda di proteggersi.

32 - DOVE PUNTARE

Prima che il Sole raggiungesse lo zenit, giunsero in una nuova zona della giungla. Sembrava un posto adatto come rifugio.

"Grraan... resta qui!" Ana alzò le braccia lei per fermare la banda. Entrò nella giungla con due giovani maschi.

Quando decisero che il posto era sicuro, entrò tutto il gruppo. Ana notò che in un angolo c'erano alberi giovani: alberelli sottili, dritti e alti. Sapeva lei che ciascun maschio avrebbe dovuto avere un lungo bastone per difendersi. Ana si aggrappò al fusto più vicino. 'Questi andrebbero bene,' lei pensò, e si fermò un attimo per fare il punto della situazione. Poi, stringendo forte la alberelli, iniziò a tagliare alla base dell'alberello. Uno dei maschi più anziani capì cosa stava facendo e cominciò a imitarla con un altro tronco giovane.

Ora i maschi erano seduti spalla a spalla tra gli alberi. Stavano fissando intensamente Ana.

Grugnirono "Grrh... grrh" in segno di apprezzamento per ciò che vedevano.

Ben presto due alberelli sottili furono tagliati e giacevano a terra.

Ana si alzò lei e guardò la sua opera.

Allungò le braccia in segno di approvazione ed esclamò: "Aaaaah... molto bene."

Poi tagliò lei i rami in alto fino a ottenere un lungo palo dritto. Questo palo era lungo più del doppio dell'altezza di un maschio. Un paio di maschi più anziani avevano già iniziato a tagliare i rami, imitando ciò che aveva fatto Ana. Altri maschi capirono cosa stava succedendo e iniziarono a cercare i propri alberi. Al calar della notte erano stati formati molti pali lunghi e sottili.

La mattina dopo, l'attività ricominciò con altri pali. Poi iniziò l'addestramento sull'uso dei pali a scopo di protezione contro gli animali pericolosi. I maschi erano in cerchio e si guardavano tra di loro con sorpresa. Ognuno era armato di una pietra da taglio e di un palo da difesa. Erano pronti per agire.

Iniziando con gli animaletti che si aggiravano sul suolo della giungla o si muovevano su e giù tra i tronchi degli alberi, Ana insegnò ai maschi a usare i loro nuovi strumenti di difesa. Fu ispirata ad addestrarli sia mentre dalle istruzioni della Voce Melodiosa, sia tramite la sua saggezza e le sue intuizioni. I maschi impararono a cercare le parti sensibili di un animale e a pungolare e colpire fino a quando l'animale non si sentiva talmente a disagio da ritirarsi e correre al riparo. Impararono a ferire gli occhi, il naso e le orecchie di un animale aggressore. Queste sono di solito le parti sensibili e le più vulnerabili all'essere pungolate con la punta di un bastone. Inoltre impararono l'importanza della precisione. Non passò molto tempo prima che queste abilità si sarebbero dimostrate indispensabili per proteggere il gruppo. Ana guardò i maschi che stavano intorno e davanti a lei. Erano sotto la sua protezione, e lei era sotto la loro. Provò una sensazione di calma e di realizzazione.

Il gruppo si rifugiò lì, in alto in quella giungla. Ana scelse delle vedette che avrebbero vigilato durante il buio. L'alba successiva, dopo avere fantasticato per un po', Ana sentì che era giunto il momento di rimettersi in marcia. Si lanciò lei verso il suolo della giungla e chiamò i Persh all'azione.

Si avvicinò lei ai maschi più anziani e indicò loro la strada da seguire, "Eh... eh... eh..."

Si espresse con i suoni Persh per dire "laggiù". Quando loro compresero, la banda formò la sua colonna a tre file e partì.

33 - IL DIVARIO PROFUNDO

Continuando ad avanzare, i Cee Persh giunsero a una profonda gola. La colonna si fermò di colpo. Ana, Croh e due maschi giovani si avvicinarono al bordo della gola e abbassarono lo sguardo. In fondo scorreva un torrente tra due scogliere ripide e rocciose. Dovevano attraversare la gola per raggiungere la giungla dall'altra parte. Era l'unico modo. Ciò significava scendere da un lato della gola e risalire dall'altro. Ana fece scendere due maschi giovani verso il torrente.

Quando lo raggiunsero, gridarono ad Ana: "Graah... graah..."

Significava che era tutto a posto e non c'era pericolo.

Mentre due vedette vigilavano, i Persh scesero lungo la prima parete rocciosa. I giovani e i deboli furono aiutati a scendere.

Quando l'intero gruppo ebbe attraversato il torrente, giunse il momento di scalare la parete della scogliera opposta. Ana mandò prima i due maschi giovani in cima per mostrare come scalarla. Poi iniziò a salire il resto della banda. Mentre alcuni piccoli, aiutati dalle femmine, erano a metà strada, dall'alto risuonò un fragore di grida. Uno stormo di falchi feroci si precipitò nella gola. Strillando e sbattendo le ali, si avvicinarono in picchiata, con gli artigli in avanti per afferrare quei corpicini.

Con una mano aggrappata alla scogliera rocciosa e l'altra stretta a un palo da difesa, i maschi che si stavano già arrampicando sulla parete rocciosa pungolarono gli uccelli con i loro pali da difesa. I pali colpivano ciascun uccello sotto un'ala o sul becco. Questo impedì ai falchi di afferrare le prede. Squittendo rumorosamente, rinunciarono all'attacco e volarono via. L'intero gruppo poté quindi continuare la scalata e raggiungere in sicurezza la cima della scogliera.

Trovarono ad attenderli una fitta giungla. Dopo un controllo frettoloso per accertarsi che il luogo fosse sicuro, il gruppo scomparve nell'oscurità. Ana decise che era ora di riposare. I maschi iniziarono a costruire nidi per stare comodi, indipendentemente dalla durata del riposo. Quella prima notte, Ana si arrampicò fino ai rami più alti di un albero e guardò il cielo in cerca di Faccia Bianca. Quella sera, il volto era perfettamente rotondo.

Lei confidò i pensieri del suo cuore a Faccia Bianca prima di scendere alla ricerca di un nido in cui dormire profondamente.

34 - UN ATTACCO DEI GORILLA

Quando Ana decise che la banda di Cee Persh aveva riposato abbastanza, annunciò lei: "Graa... graa... graa!"

La banda scese dalla sua dimora temporanea e si riunì nella colonna a tre file, oltre gli alberi. Proprio mentre il sole stava iniziando a sorgere, si lasciarono alle spalle la pericolosa gola. Ana aveva scrutato fino all'orizzonte per assicurarsi che fossero al sicuro. La colonna si rimise in marcia. Mentre partivano, l'aria era ferma. Gli unici suoni erano il ronzio degli insetti, i richiami degli uccelli lontani e il fruscio dei piedi sull'erba alta.

Più tardi, mentre la colonna superava un'area di macchia cespugliosa, si udirono forti grida che provenivano dagli alberi vicini. Tra il fruscio di cespugli e lo schianto dei rami apparve un gigantesco gorilla. Ana non avrebbe potuto prevederlo. L'animale uscì dalla giungla, agitando le braccia in modo aggressivo e si diresse direttamente verso la colonna. Dietro questo primo gorilla emersero urlando altri animali dall'aspetto feroce. La prima fila di maschi Persh abbassò immediatamente i propri posti di difesa e si schierò. Quando il primo gorilla raggiunse la fila, i pali aguzzi lo colpirono ripetutamente negli occhi e nel naso. L'animale si voltò per il dolore e si fermò di colpo.

Si lamentò forte e si strofinò gli occhi, "Naaaa... naaa...!"

Dondolava avanti e indietro mentre incespicava verso i cespugli. Gli altri gorilla ricevettero lo stesso trattamento. Strillarono e si strofinarono il viso, si rotolarono nell'erba e si ritirarono nella boscaglia. Le femmine si erano spostate dietro la seconda fila di maschi, ma due gorilla si erano intrufolati oltre i pali da pungolo. Questi si avvicinarono alla fila delle femmine.

Il primo attaccò una femmina che difendeva i suoi giovani. Le afferrò il braccio difensivo tra le fauci e la gettò a terra. I denti dei gorilla continuavano a morderle braccia e gambe. Una femmina più anziana affrontò l'altro gorilla. Lui la colpì con gli artigli sul viso, e poi sul petto e sulle spalle. Poi colpì i piccoli che lei stava difendendo. Riavutisi dalla sorpresa, i maschi Persh si precipitarono ferocemente verso i due gorilla. Usando le pietre da taglio, colpirono gli animali con tutte le loro forze. Mirarono a braccia e ginocchia e infilarono loro i pali negli occhi e nelle orecchie. I gorilla non riuscirono a sopportare quell'attacco. Strillarono, si strofinarono gli occhi e si allontanarono barcollando, scomparendo in lontananza.

Ora due femmine Persh adulte e alcuni maschi e femmine giovani giacevano feriti a terra.

I giovani gridarono: "Yahh... yahh..."

Ana si precipitò verso l'adulta ferita in modo più grave. Quella femmina era stata colpita dagli artigli del gorilla e aveva diverse ferite sanguinanti. Ana afferrò per le braccia due maschi armati e corse verso il cespuglio più vicino. Tirò fuori lei un mazzo di foglie grandi e tornò a metterle sulle ferite, fermando il flusso di sangue. Le femmine più anziane videro cosa stava facendo Ana e corsero a raccogliere foglie da usare sulle ferite, proprio come stava facendo lei. Quando tutte le ferite e i tagli furono curati con le foglie, Ana si rese conto che era necessario portare in salvo i feriti. Per quel compito scelse lei alcuni dei maschi più forti. Una volta issati sulle spalle i feriti e cullati tra le braccia i giovani, riformarono le file della colonna come meglio poterono.

Alcuni maschi erano pronti a usare le armi nel caso in cui i gorilla avessero ricominciato ad attaccare. Quando sembrò che i gorilla non intendessero tornare, Ana diede l'ordine di rimettersi in marcia. Il gruppo partì per sfuggire ai gorilla e trovare un rifugio sicuro.

La colonna proseguì fino al calar del Sole. Ana decise di controllare se la giungla vicina era sicura. Portò lei in ricognizione Croh e altri due maschi. Una volta accertato che non c'era traccia di gorilla o altri pericoli, il gruppo si spinse nella giungla e si arrampicò sugli alberi. I feriti furono trasportati o aiutati ad arrampicarsi. Ana guidò i maschi nella costruzione di nidi frondosi per i feriti, che avevano bisogno di riposo per guarire e riprendersi. Voleva lei che i feriti fossero sistemati prima che la luce svanisse. Prima che fosse completamente buio, ogni Persh aveva un posto dove dormire. Ana prese quattro maschi giovani, uno per uno, e condusse ognuno a una postazione, in modo che da disporre di una vedetta in ciascuno dei quattro angoli. Così sarebbe stata sicura che i feriti non fossero disturbati.

35 - LA PRIMOGENITA

Le cime degli alberi dove avevano scelto di far riposare i feriti rimasero al riparo dai gorilla e da altri pericoli. I feriti avrebbero potuto riposare e riprendersi a poco a poco. Mentre Ana li aiutava, si rese conto che il gonfiore nella sua pancia era un bambino. Sapeva che presto avrebbe partorito. Quando si era accoppiata per la prima volta con Croh, un gruppo di femmine Persh aveva osservato attentamente la coppia. Ana le aveva chiamate Itsi, Bitsi e Citsi. Loro tre ora sentivano che era giunto il momento di preparare il nido di Ana. Raccolsero foglie fresche e bacche particolarmente succulente da mordicchiare. Il travaglio di Ana fu rapido e regolare e, quando Itsi morse il cordone ombelicale, sollevarono il bambino tra le braccia della madre.

Itsi, Bitsi e Citsi si sedettero e diedero il benvenuto al nuovo membro con suoni di approvazione: "Gruu... gruu..." e "Graw... graw..."

Ana iniziò ad allattare la neonata. La bambina aveva i capelli dello stesso colore di quelli del Nuovo Essere, sua madre. Ana la chiamò Ahah. Ahah fu la prima figlia nata dall'unione tra Ana, la femmina Nuovo Essere di Pelo Scuro, e Croh, il puro maschio Cee Persh.

La Voce Melodiosa parlò dentro di lei: "... Congratulazioni, piccola mia. Il piccolo Nuovo Essere è meraviglioso... come sua madre..."

Ana era felice con la sua prima neonata; per un po' l'allattamento prese il sopravvento sulla sua vita, dandole grande soddisfazione.

Un giorno, poco dopo la nascita, le tre femmine Persh avevano giocato con Ahah. Proprio mentre Bitsi stava rimettendo la piccola tra le braccia di sua madre, un uccellino volò davanti al suo volto. Bitsi fu sorpresa e la bambina le scivolò di mano e cadde a terra. Ana allungò la mano per afferrarla e vide cosa era successo. La madre si lanciò immediatamente verso il tronco d'albero più vicino e si affrettò a scendere.

Ana rimase completamente scioccata quando vide che Ahah era atterrata su una roccia e aveva uno squarcio sanguinante sulla testa. Sollevò lei la piccola e la adagiò delicatamente su un banco di muschio. Il dolore di Ana era diffuso in tutto il suo corpo lei. Si lasciò cadere sul suolo della giungla accanto alla sua piccola e rimase lì a singhiozzare in modo incontrollabile.

Nella giungla tutto continuò come se nulla fosse cambiato. Gli insetti continuavano a ronzare e gli uccelli svolazzavano cinguettando i loro richiami. Nella giungla si stava solo spegnendo un'altra vita. Mentre la luce iniziava a svanire, tra gli alberi sopra Ana iniziò a formarsi una foschia.

La foschia si fece più densa fino a creare una nube bianca intorno al minuscolo corpo di Ahah. Itsi, Bitsi e

Citsi erano rimaste lì a guardare la madre e la piccola. Ora fissavano perplesse la nube. La seguirono con gli occhi mentre si alzava e fluttuava tra i tronchi degli alberi.

"Eeek, eeek..." si udì il vagito di un neonato.

Le piccole braccia e gambe di Ahah si agitavano avanti e indietro.

Ana si alzò di scatto: "Ahah, piccola mia. Sei viva."

Sollevò lei la neonata con delicatezza tra le braccia e si sedette a sorreggerle il corpicino, ridacchiando tra sé e sé.

Mentre tornava al suo nido, cantò una canzoncina: "Piccolina, piccolina, bentornata da me..."

Madre e figlia erano di nuovo insieme.

L'aria notturna iniziò a raffreddarsi e una leggera pioggia cadde sulla giungla. Un mattino all'alba scoppiò un forte acquazzone. La stagione delle piogge era iniziata sul serio. L'acqua iniziò a grondare dalla cupola delle foglie soprastanti. Ana fece spostare i feriti nei punti più riparati, anche se la sensazione di gocciolamento dell'acqua era probabilmente lenitiva sugli arti in via di guarigione. Le piogge torrenziali andavano e venivano sopra la volta della giungla e l'aria si sarebbe saturata di umidità. Durante la stagione delle piogge, i Persh non si avventuravano fuori dalla loro zona della giungla se non per cercare nuovi alberi con le loro foglie, bacche o noci preferite. Altrimenti si accontentavano di mangiare ciò che c'era nelle vicinanze, di pulirsi a vicenda o di dormire.

Un giorno la pioggia era molto forte mentre Ana allattava Ahah.

Fu interrotta dalla Voce Melodiosa: "...È ora di accoppiarti con Croh... È giunto il momento..."

Quando Ana fu pronta, affidò la sua piccola Pelo Scuro alle cure delle tre femmine Persh e condusse Croh nel suo nido. Terminato l'accoppiamento, giacquero insieme sotto le foglie grondanti. Guardando gli spicchi di cielo grigio che facevano capolino tra le foglie in alto, Ana pensò : 'Chissà cosa penserà Faccia Bianca quando vedrà la mia piccola Pelo Scuro. Ne sarà sicuramente felice.'

36 - INTERRUZIONE DEL VIAGGIO

La stagione delle piogge era finita e i feriti erano guariti da tempo. Ana pensò che fosse ora di riprendere il viaggio verso il nido di Faccia Bianca. Un mattino, fu svegliata alle prime luci dell'alba e capì che quello era il giorno giusto. 'Dovrò assicurarmi che siamo completamente pronti,' pensò. Allungando la mano e afferrando un ramo, si infilò Ahah sotto il braccio lei e scese in una radura tra gli alberi.

Chiese ad alta voce a tutta la banda dei Cee Persh di unirsi a lei: "Graak... graak... Graak... graak..."

Si riunirono tutti con lei nella radura. Un gruppo di femmine raccolse noci e frutti in vassoi di corteccia, in modo da avere cibo sufficiente per il viaggio. I maschi adulti avevano in mano i pali da difesa e le pietre da taglio. Era tutto pronto. Si trasferirono nella prateria e si riunirono nella formazione a tre file. Mentre la colonna partiva, Aaha fu accudita da Itsi, Bitsi e Citsi. Ana e Croh camminavano vicino alla testa della formazione.

La colonna si stava avvicinando alla giungla quando Itsi, Bitsi e Citsi si spostarono accanto ad Ana. Sapevano cosa stava accadendo all'interno della loro leader Pelo Scuro. Ana si rese conto che stava per partorire. Non aveva previsto di partorire all'aperto, sulle praterie, senza alcun riparo. Mentre si muovevano, guardò lei avanti per controllare se ci fosse un varco nel fitto sottobosco. Gli alberi potevano non essere troppo vicini tra loro e all'interno si sarebbe potuta trovare una radura.

Quando vide un varco lei, chiamò: "Grek... grek... fermiamoci."

Si spinse lei nel sottobosco e nell'oscurità insieme a Croh e a un maschio armato più anziano. Trovarono una radura tra una massa di radici e rami e tornarono alla colonna.

Ana fece un segnale a un gruppo di maschi; indicò gli alberi e gridò "Grraa... grraa", cioè pericolo.

Fece cenno lei al gruppo di attraversare il sottobosco verso l'interno.

Poi, quando comprese che sarebbero stati bene dentro, gridò: "Grek... grek" per farli fermare.

Sulla prateria, Ana distanziò altri maschi in un semicerchio, circondando le femmine. Poi solo Bitsi e Citsi si unirono a lei mentre si tuffava nel sottobosco. I maschi armati aspettavano lì come vedette. Le due femmine raccolsero foglie e canne per creare un letto.

Quando tutto fu pronto, Ana si sdraiò e diede alla luce un Nuovo Essere maschio di Pelo Scuro, che chiamò Clint. Dopo essersi riposata per un po', si alzò, allattando Clint, e raggiunse Croh sulla prateria. Una volta formata nuovamente la colonna, partirono, ancora alla luce del sole, per cercare il nido di Faccia Bianca.

37 - UN NUOVO SUONO

Dopo la nascita di Clint, mentre camminavano in colonna, iniziarono a udire un suono rimbombante. Il boato si fece più forte quando svoltarono un angolo ai margini della giungla. Ana vide che si stavano avvicinando a una roccia enorme. Mentre si avvicinavano, lei vide che una cascata si gonfiava sopra di loro. Pensò: 'Il boato proviene da quella cascata.' Vedeva nuvole di spruzzi bianchi sospese nell'aria.

La colonna rallentò avvicinandosi alla roccia e Ana diede l'ordine di fermarsi. 'Non c'è modo di andare avanti.' lei pensò tra sé e sé. 'Ci rifugeremo qui.'

Quando si furono accertati che la giungla fosse sicura, Ana chiamò: "Graw... graw... andiamo".

La colonna si voltò all'unisono e si sciolse attraversando il sottobosco verso l'oscurità all'interno.

Poi Ana emerse con Croh e un gruppo di giovani maschi. Quando uscirono oltre gli alberi, Ana scrutò la distesa erbosa e guardò la roccia. Si stupì della sua altezza lei.

"..."Non è meravigliosa?" La Voce Melodiosa risuonò in Ana.

Dopo un attimo di sorpresa, disse lei ad alta voce : "Certamente è molto strana, Oh Voce".

Poi pensò: 'La Voce Melodiosa sa quello che sento. Può vedere nella mia mente.'

Lei disse ad alta voce: "Oh Voce, conosci esattamente i miei sentimenti. Sono contenta di averti come amica, ma cosa sta succedendo?"

La Voce rispose: "...È perché tu per me sei speciale. Ci saranno problemi, ma li risolveremo e ci conosceremo completamente..."

Ana pensò: 'Ma la Voce conosce gli ostacoli che devo affrontare? La cascata scintillante e le nebbie fluttuanti sono graziose, ma noi dobbiamo aggirare la roccia. Quando potrò raggiungere il nido di Faccia Bianca?' Con quelle domande così inquietanti nella sua mente lei, condusse i giovani maschi attraverso la distesa erbosa per individuare eventuali pericoli.

In tutta la zona risuonava il rimbombo della cascata. Man mano che il gruppo si avvicinava, il terreno sotto i piedi era bagnato. Ana vide che, quando l'acqua si schiantava sulle rocce, nell'aria si sprigionavano spruzzi d'acqua. Sui loro corpi pelosi si formavano gocce fredde. Era una sensazione nuova e strana. Mentre il gruppo si trovava vicino alla cascata, Ana guardò lungo la parete della roccia. Si rese lei conto che si estendeva fino a dove poteva vedere.

Pronunciò la parola "scogliera" e vide che c'era un ampio sentiero tra questa scogliera e la giungla.

Pensò: 'Chissà se gli animali grandi usano quel sentiero passando accanto alla giungla?' Ana non vedeva animali grandi, ma scrutò lei la scena e si chiese se esistesse un modo per superare la scogliera più lontana. Ma non vedeva varchi.

Ana condusse quindi il gruppo sulla riva del fiume che scorreva dalla base della cascata. Vedeva lei i pesci sotto le onde e stormi di uccelli nel cielo sopra di loro.

Proprio in quel momento, un giovane maschio grugnì: "Grraa... grraa..."

Era il segnale di pericolo e Ana si voltò. Lungo il sentiero tra la giungla e la scogliera si trovava un gruppo di animali quadrupedi con le corna. Erano diretti verso il gruppo.

"Graak, graak" gridò Ana e guidò il gruppo nella corsa verso la giungla.

Ana si lanciò sulle cime degli alberi e trovò un punto da cui poteva lei guardare verso il fiume. Erano fuggiti da un branco di gazzelle che era venuto a bere al fiume. Ana era sollevata dal fatto che quegli animali non sarebbero mai stati pericolosi. Erano già stati costruiti nidi e una piattaforma. Ana si assicurò che le vedette fossero al loro posto prima di raggiungere Itsi, Bitsi e Citsi. Quelle tre si erano prese cura di Ahah e Clint. Il cuore di Ana era sprofondato alla vista della maestosa scogliera. Ma ora lei pensò: 'Mi prenderò cura di Clint e mi accoppierò con Croh. Questo è un buon momento per fermarsi e riposare. Quando troveremo il modo di oltrepassare la scogliera, continueremo il nostro viaggio.' Prima che la luce del giorno svanisse completamente, la banda di Cee Persh e i tre Nuovi Esseri di Pelo Scuro erano al sicuro sulle cime degli alberi.

38 - PRIMA RICERCA DI UNA VIA DI FUGA

La prima notte alla cascata, Ana si rassegnò a rimanere bloccata. Più tardi avrebbe cercato un modo per superare la parete rocciosa. Per ora, la parete rocciosa avrebbe protetto la giungla dai venti caldi della stagione secca. Fortunatamente la stagione secca trascorse senza incidenti, ma Ana era irrequieto.

Un mattino, all'alba, Ana vide che si stavano addensando nubi scure sulla cascata. Lei Intuì che presto sarebbe arrivata la pioggia. Pensò che ci sarebbe stato tempo a sufficienza per cercare un modo per superare la scogliera. Radunando tutti i Cee Persh maschi tranne quelli impegnati come vedette, li convocò sulla distesa erbosa e scelse un gruppo dall'aspetto più forte e più in forma. Lei chiese loro di prendere i pali da difesa e le pietre da taglio e di riunirsi in due file. Poi prese posto al centro con Croh al suo fianco.

Ana aveva già raccolto un cesto di corteccia che conteneva bacche e noci come cibo di emergenza. Il gruppo partì all'alba e, giunto alla cascata, si voltò per seguire la scogliera. Camminarono paralleli al fitto sottobosco che cresceva alla sua base. Il sottobosco avrebbe offerto loro un rifugio in caso di pericolo di attacco. Dopo aver camminato per un po', Ana notò una gola davanti a sé lei. La gola tagliava la parete rocciosa. Raggiunta la gola, vide che iniziava alla base della scogliera e degradava verso l'alto in lontananza. Ana fece cenno a due dei maschi giovani più in forma di scalare la gola. Dopo essersi tuffati nel sottobosco, ne emersero al di là. Si arrampicarono mano a mano sul pendio roccioso. Ana vide che avevano a che fare con pietre che si sgretolavano sotto di loro mentre si arrampicavano. La gola sembrava molto instabile, ma i Persh continuavano a salire.

Ana mandò altri due maschi giovani a unirsi ai loro compagni. Ora continuarono a salire in quattro. Di tanto in tanto, un pezzo di roccia si staccava e precipitava verso il sottobosco. Nonostante ciò, proseguirono. All'improvviso un masso enorme iniziò a muoversi sopra di loro. Il masso cadde e si lanciò verso gli scalatori. Ha sfiorato tre degli scalatori più alti, ma ha colpito in faccia quello più in basso. Lui cadde all'indietro e rimase immobile. Gli altri scalatori si fermarono sbalorditi. In lontananza udivano le flebili grida di Ana. Lei aveva gridato un avvertimento, ma non era servito. I tre si ritirarono lungo la gola, dove giaceva il loro compagno di scalata. Lo raccolsero, completamente immobile, e lo portarono in fondo. Una volta emersi nel sottobosco, gli scalatori posarono il ferito ai piedi di Ana. Lei si inginocchiò accanto al corpo e cercò segni di vita. Una parte del cranio era stata compressa. Non c'era alcun segno di vita. Lo scalatore era morto.

I Cee Persh avevano un affiatamento naturale tra loro, soprattutto tra i maschi di età simile. Facevano tutto insieme, in coppia o in gruppo. Così si sostenevano e si proteggevano reciprocamente. Tuttavia, quando uno di loro morì, non appena si resero conto che non era più in vita, dimenticarono il ricordo il fratello. Era come se non fosse mai esistito. Un altro maschio prendeva il suo posto.

Ana sapeva che i maschi avrebbero abbandonato il cadavere là dove giaceva. Tuttavia, lei provava un senso di rispetto per un membro della famiglia dei suoi antenati. Ordinò ai giovani maschi di sollevare il corpo e portarlo con sé. Quattro di loro diedero i loro pali e pietre agli altri, poi riportarono il corpo alla distesa erbosa vicino alla cascata e lo posarono a terra.

Ana chiamò tutti i Persh in un cerchio intorno al corpo, e quando si furono riuniti, lei si fermò accanto ad esso e seguì un lungo silenzio. Poi il corpo fu sollevato e portato sulla riva del fiume. Lì fu adagiato su una striscia di sabbia e calato sulla superficie dell'acqua. La corrente rapida portò via il corpo. Il gruppo tornò quindi nella giungla.

L'esperienza della morte del giovane Persh scosse Ana. Si trattava di un membro della famiglia dei suoi antenati lei. Poi lei pensò tristemente: "Trovare una strada per il nido di Faccia Bianca questa volta non è possibile. Ma ci riproveremo.' Passò molto tempo prima che Ana tentasse nuovamente di cercare un modo per superare la scogliera.

Si stava avvicinando la fine della stagione delle piogge quando Itsi, Bitsi e Citsi aiutarono Ana a partorire la sua seconda figlia. Nonostante qualche lieve dolore nel travaglio, il parto fu tranquillo. Ana diede alla sua piccola il nome di Alina. Alina era un Nuovo Essere di Pelo Scuro come sua madre.

La Voce Melodiosa parlò dentro di lei: "... Congratulazioni per la nascita della piccola. Questo piccolo Nuovo Essere di Pelo Scuro assomiglia molto a sua madre!"

Mentre allattava Alina, rispose ad alta voce: "Grazie, Voce, spero che lei ti renda felice."

La Voce Melodiosa continuò: "...Ti aspetto, non importa quanto tempo ci vorrà..."

Allora Ana pensò: 'Spero che anche Faccia Bianca sarà felice quando vedrà Alina.' Mentre prendeva lei l'abitudine di allattare la neonata, Ana sognò il giorno in cui avrebbero potuto lasciarsi alle spalle la scogliera e la cascata.

39 - IMPARARE A CAMMINARE

La sua giovane prole stava prendendo il sopravvento sulla vita di Ana. La madre trascorreva il suo tempo ad allattare Alina, la più piccola, e ad insegnare ad Aaha e Clint a parlare la sua lingua. Aaha sapeva già pronunciare molte parole e Clint aveva superato le fasi "mamma" e "papà". Ma c'era sempre da imparare. Croh non poteva aiutarla nell'insegnamento, ma aspettava pazientemente nelle vicinanze durante ogni lezione.

Ana si era già accoppiata di nuovo con Croh ed era in attesa del suo quarto Nuovo Essere di Pelo Scuro.

Un giorno, dopo una lezione, la Voce melodiosa parlò ad Ana: "I piccoli Nuovi Esseri devono imparare a stare in piedi, affinché tutti i Nuovi Esseri che verranno stiano in piedi...".

Dopo una pausa, lei pensò: 'Molto bene, Voce. Lo farò.' Ana aveva voglia di risposare a lungo, ma si rese conto che ora aveva un nuovo compito. Mentre pensava al problema, le venne una nuova idea: "Perché non costruire un'area chiusa a terra, dove si possa stare al sicuro? Aaha e Clint potrebbero imparare a camminare in posizione eretta.' Clint era già in grado di camminare sui rami spessi, ma Ana sapeva che lui e Aaha avrebbero avuto bisogno del terreno pianeggiante per imparare a camminare correttamente, in posizione completamente eretta. Così escogitò un piano. Ricordò gli alberelli alti e dritti che i Persh maschi usavano come armi di difesa. Se fosse riuscita a trovarne alcuni, avrebbe potuto costruire una recinzione protettiva a terra per Aaha e Clint. Si lanciò a terra e chiamò i maschi dalle loro postazioni.

"Graak... graak..." gridò, e i maschi vennero a radunarsi intorno a lei.

Tutti gli occhi erano puntati sulla loro leader. Ana afferrò due pali da difesa e li tenne affiancati mentre li conficcava a terra. Poi indicò con un ampio gesto la giungla circostante. Un maschio più anziano si fece avanti e prese un palo dalla mano di Ana. Lo conficcò a terra, colpì, colpì e colpì in spazi ristretti per indicare molti pali messi uno accanto all'altro. Lei pensò: 'Fantastico, hai capito cosa voglio.'

Poi disse: "Graw... graw...", cioè "forza", per incoraggiare il gruppo.

I maschi scomparvero nella giungla in tutte le direzioni. Ana sperava che ci fossero abbastanza alberelli lunghi, tagliati della stessa misura, e che i maschi glieli riportassero.

Al tramonto successivo, alla base di un albero si trovava un mucchio di pali, per lo più della stessa lunghezza. Erano ammucchiati sotto la terrazza di foglie dove Ana aveva dormito. All'alba, Ana stava già costruendo una trincea usando una pietra da taglio. Aveva la forma desiderata per una palizzata. La palizzata avrebbe circondato un albero situato al limite della giungla. Su un lato di questo albero, ci sarebbe spazio sufficiente per insegnare ad Aaha e Clint a camminare in posizione eretta.

Ana riunì i Persh disponibili per mostrare loro cosa voleva che facessero. Per prima cosa, insegnò loro a fare i nodi. Era un compito difficile: solo un paio di maschi più anziani e alcune femmine riuscirono a padroneggiarlo. A parte la raccolta del cibo dagli alberi o la toelettatura, i Persh non usavano le dita per piccoli movimenti. Prendendo due pali, Ana li legò insieme, in alto e in basso, con i tralci di piante rampicanti che aveva raccolto. Poi aggiunse altri pali, uno dopo l'altro, uno accanto all'altro, collegandoli tutti allo stesso modo. Presto nella trincea si ergeva una fila di pali legati insieme. Con l'aiuto delle femmine e dei maschi più anziani, Ana fu in grado di completare un recinto sicuro, proprio come aveva sperato.

Poiché la palizzata aveva una parete continua, esisteva un solo modo per entrare. E quel modo era scendere dall'albero centrale. Con l'aiuto di Itsi, Bitsi e Citsi, Ana portava Alina a terra. Aaha e Clint scendevano da soli, per imparare a stare in piedi e a parlare la lingua di Ana. Alina iniziava a camminare e, tra una lezione e l'altra, veniva allattata. Croh faceva la guardia fuori dalla palizzata. Avrebbe avvertito se ci fosse stato pericolo. Il piano di Ana fu un grande successo.

Ogni mattina, Itsi, Bitsi e Citsi svegliavano Ana all'alba. La aiutavano a portare Alina a terra per partecipare alle lezioni e per giocare. Ahah e Clint si facevano strada da soli.

Ahah amava chiacchierare con la madre e porre domande intelligenti da giovane femmina: "Com'è che noi sappiamo parlare, mentre i Pelo Chiaro dicono solo parole semplici? Papà non dice quasi nulla... è un Pelo Chiaro?"

"Sì, Ahah, tuo padre è un Pelo Chiaro. È il Pelo Chiaro che ho scelto come padre di tutti voi piccoli Pelo Scuro: tu, Clint e Alina. I Pelo Chiaro non hanno mai ricevuto il dono della parola come noi. Siamo diversi in molti aspetti."

"Potrai insegnare a papà a parlare la nostra lingua? Mi piacerebbe sentirlo."

"No, non potrei. Hai notato che papà ha bisogno che io decida per lui molte delle cose che fa? Da solo può prendere solo decisioni semplici. Vedi, questo è ciò che fanno i Pelo Chiaro; prendono solo le decisioni che li aiutano a sopravvivere", rispose sua madre.

"Ma adoro vedere papà sempre al tuo fianco, mamma; mi fa sentire al sicuro. Vedo che pensi tu al posto suo. Immagino che vada bene così."

"Ahah, è ora delle nostre lezioni di conversazione e camminata. Puoi spostarti accanto a tuo fratello mentre guardo come va la piccola Alina?"

40 - ESPLORAZIONE DEL FIUME

Ana aveva notato che alcuni dei Cee Persh maschi più giovani guardavano con desiderio verso il fiume e sembravano volerlo esplorare. Una mattina presto, diede da mangiare ai suoi piccoli e si assicurò che Alina fosse al sicuro sotto le cure di Itsi, Bitsi e Citsi. Poi radunò i maschi giovani più irrequieti e ordinò loro di prendere i pali da difesa e le pietre da taglio. Si avviarono tutti verso il fiume accompagnati da Croh. Raggiunsero le rive del fiume a una certa distanza dalla cascata. Ana sapeva che il fiume scorreva velocemente, ma anche che c'era una striscia sabbiosa dove si poteva scendere e camminare accanto all'acqua in sicurezza.

Quando arrivarono alla striscia sabbiosa, Ana scelse due maschi per fare la guardia. Il resto del gruppo proseguì. Mentre camminavano, alcuni maschi immersero le mani nell'acqua e la trovarono fresca.

Si udì un suono Persh di approvazione: "Shaaa... !"

Il gruppo proseguì verso una pozza situata al di fuori della corrente principale. Questa scorreva più lentamente del fiume. Mentre si avvicinavano alla pozza, udirono mugolii e lamenti poco più avanti. Si imbatterono in un animale quadrupede sdraiato su un fianco. Il sangue trasudava da una ferita sulla sabbia.

Le mosche ronzavano intorno alla ferita e agli occhi dell'animale. Sembrava che l'animale avesse cercato di raggiungere la riva del fiume, ma fosse crollato prima di arrivare all'acqua. Ora giaceva lì con la lingua di fuori, ansimando debolmente. Ana vide un occhio che la guardava supplichevole. Non sapeva che si trattava di un Lupo Rosso maschio e che sarebbe stato molto pericoloso se fosse stato in grado di muoversi. La fiduciosa femmina di Pelo Scuro non si rendeva conto del pericolo. Ana si inginocchiò sul bordo dell'acqua per raccoglierla nella sua mano a coppa. Sporgendosi verso di lui, spruzzò dell'acqua sulla lingua dell'animale. Dopo averlo fatto un paio di volte, Ana si rese conto che la zucca cava che teneva nel suo nido sarebbe stata molto utile.

"Torniamo al rifugio e prendiamo la mia zucca", disse ad alta voce e poi, "Graak... graak." che in Persh significa "venite".

Il gruppo la seguì mentre tornavano verso il punto in cui il nido di Ana pendeva tra gli alberi. Tornarono poi al fiume con la zucca. Ana ora riuscì a versare molta acqua in bocca, sulla testa, sulla ferita e sul corpo dell'animale. Il gruppo poi se ne andò e lasciò l'animale molto bagnato. Tornarono nella giungla per mangiare foglie, bacche e noci e per fare un po' di toeletta reciproca.

L'alba successiva, Ana volle andare a vedere se l'animale ferito al fiume avesse bisogno di altra acqua. Accompagnata da Croh e da un gruppo di maschi armati, si avviò verso la riva del fiume. Portò la sua zucca. Quando raggiunsero il luogo in cui c'era stato l'animale, non trovarono altro che una grande macchia di sangue secco nella sabbia. L'animale se n'era andato. Ana pensò: 'Deve essersi ripreso e deve essere tornato al suo nido. Chissà cosa lo aveva ferito. Spero che non incontreremo mai quel mostro.' Mentre il Sole stava ancora sorgendo, tornarono nella giungla.

41 - UN INCONTRO RAVVICINATO

Un altro giorno, Ana era seduta sulla distesa erbosa mentre giocava con Alina. Fu raggiunta dalle madri Persh e dai loro piccoli. La luce del sole illuminava direttamente la parte superiore delle grandi cascate. I colori scintillavano danzando sulle cascate. Ana guardava a bocca aperta. Nessuno si accorse quando un temibile branco di Lupi Rossi superò il limite della giungla e trotterellò verso l'area erbosa di fronte al gruppo.

I lupi si fermarono, poi sprofondarono nell'erba. I due più grandi erano scesi prima, seguiti da un gruppo di altri lupi. Ana e le madri Persh si bloccarono per il terrore. Tutte strinsero a sé i loro piccoli per proteggerli. Rimasero immobili, aspettando che i lupi le attaccassero. Il silenzio nell'aria era mortale mentre il lupo più grande si alzava e camminava lentamente verso il punto in cui Ana era seduta con Alina. Il lupo si sdraiò davanti ad Ana e chinò la testa a terra. Ana si rese conto che quello era l'animale che avevano aiutato vicino al fiume.

Per calmare l'animale e se stessa disse dolcemente: "Grihh... grihh... grihh..."

Il lupo sbatté le palpebre e si alzò sulle zampe. Venne lentamente avanti e strofinò il naso contro la gamba di Ana. Ana si bloccò di nuovo e strinse Alina più saldamente al suo fianco. Dopo aver strofinato il naso contro Ana, il lupo si alzò e si voltò. Si diresse lentamente verso il branco. Quando il lupo raggiunse il branco, cadde nella stessa posizione di prima, con la testa rivolta verso Ana. Alla fine, l'intero branco di lupi si alzò e tornò da dove era venuto.

Mentre Ana e le madri Persh li guardavano, i lupi si allontanarono trotterellando e scomparvero dietro l'angolo della giungla. Immediatamente le madri afferrarono i loro piccoli e svanirono nel sottobosco della giungla. Erano terrorizzate. Ana era sbalordita. Non aveva idea del perché gli animali si fossero comportati in modo così spaventoso. Pensò: 'Cosa facevano quegli animali? Non ci vedono più come il loro cibo?'

Durante il resto di quella stagione secca e per tutte le stagioni piovose e secche successive, Ana riuscì a capire cosa fosse cambiato. Ogni volta che un animale grande, come una leonessa, si avvicinava a lei o alla sua prole Pelo Scuro o a uno qualsiasi dei Persh, i lupi apparivano dal nulla. Si tenevano pronti di fronte alla minaccia, fissandola. Se l'animale pericoloso non si ritirava, l'intero branco di lupi ringhiava e abbaiava minacciosamente. L'animale pericoloso si girava e si allontanava verso la sua tana.

42 - SALVATI DAI LUPI ROSSI

Un giorno Ana notò che sulla scogliera della cascata scorreva sempre meno acqua. Infine, al termine di una stagione secca, la cascata era diventata un rivolo. Lei vide che ora era possibile attraversare il fiume. Da una sponda all'altra erano disseminati bassi isolotti di sabbia. Era ora di cercare in una nuova direzione un modo per superare la scogliera. Al successivo primo bagliore di luce, chiamò la banda di Cee Persh sulla distesa erbosa in preparazione per una spedizione.

"Graak... graak... graak", gridò.

I maschi e alcune femmine scesero dalle cime degli alberi. Quando il gruppo si fu riunito, Ana organizzò una spedizione nella vecchia formazione in colonna. I maschi armati erano riuniti in due file; le femmine procedevano tra le file per proteggersi.

"Ahah e Clint, voi verrete con me. Fate attenzione a non perdere le gonne d'erba quando saremo in marcia."

Fin da piccoli, Ahah e Clint avevano sempre indossato una gonna d'erba. Lo facevano su insistenza di Ana, che non aveva mai dimenticato l'ordine della Voce Melodiosa.

La Voce aveva detto: "...I Nuovi Esseri di Pelo Scuro non dovranno mai accoppiarsi con nessun essere di Pelo Chiaro. Dovranno sempre e solo accoppiarsi con altri Nuovi Esseri. Ci dovrà sempre essere quella separazione...”

Ana aveva inventato la gonna d'erba come segno che l'ordine della Voce Melodiosa sarebbe sempre stato in vigore. Crescendo, Ahah e Clint avevano imparato a non stare mai senza la loro gonna d'erba, simbolo di separazione.

Quando Ana vide che la vecchia formazione in colonna era stata ricordata e che i Persh si stavano mettendo in fila, spiegò alla sua prole cosa stava per accadere: “Ahah, Clint, questa volta speriamo di trovare un modo per superare la scogliera. Voglio che voi due stiate vicini e non vi allontaniate da me. Con noi ci sarà Croh. Clint, tu porterai un palo da difesa e una pietra da taglio. Dovete essere armati per la ricerca come qualsiasi maschio di Pelo Chiaro.”

“Perché dobbiamo trovare un modo per superare la scogliera? Cosa c'è di male a stare qui?” chiese Ahah.

“Mia cara, dobbiamo trovare un modo per superare la scogliera. Devo trovare il nido di Faccia Bianca”, continuò Ana, “Mi dispiace che il mio viaggio sia stato interrotto per tutte queste stagioni. Con questo ho risposto alla tua domanda?”

“Sì, mammina.”

“Va bene, allora. Muoviamoci.”

Si avviarono attraverso il fiume nella formazione a tripla fila. L'acqua era bassa e facile da attraversare. Poi, camminando a grandi passi tra l'erba alta, passarono accanto al fitto cespuglio che cresceva ai piedi della scogliera. La scogliera si estendeva in lontananza. Il Sole non era ancora allo zenit quando improvvisamente un gruppo di gnu sbucò dal vicino sottobosco. Le zanne balenarono verso la prima fila di Persh. I maschi cercarono di puntare i pali da difesa. Gli gnu li avevano quasi raggiunti quando sbucarono dal nulla i Lupi Rossi, ululando e ringhiando. Saltarono sul dorso degli gnu in testa al branco. Risuonarono orribili strilli e rantoli mentre le zanne affondavano nella carne. Gli strilli e gli strepiti continuarono finché gli gnu non girarono la coda e tornarono sgattaiolando nel sottobosco.

Ana era così grata al branco di lupi. Sarebbe forse accaduta una catastrofe se non fossero arrivati. Forse avevano salvato la vita dei suoi figli. Erano in salvo.

43 - UNA TERRIBILE FRANA

La colonna si rimise in marcia e proseguì il viaggio. Ana scrutò la scogliera davanti a sé. Sperava di trovare una via d'uscita prima che il Sole raggiungesse il culmine. Poi, poco più avanti, vide un abisso che tagliava il viso.

Ana grido in lingua Persh: "Grek... grek... fermiamoci."

Il gruppo si fermò, si voltò e si spinse nella fitta boscaglia. Facendosi strada a fatica, emersero ai piedi di un'apertura nella parete rocciosa. Il suolo della voragine saliva in un lungo e lento pendio finché, in lontananza, Ana poté vedere che raggiungeva la cima. Il gruppo iniziò a risalire il pendio tra scogliere maestose su ciascun lato. Gli unici suoni erano gli echi delle grida degli uccelli avanti e indietro e il ronzio degli insetti nell'aria secca. All'improvviso si udì un forte crepitio in alto.

In un attimo, le lastre di parete rocciosa si erano staccate e stavano precipitando verso il gruppo. Un masso dopo l'altro cadde giù in nuvole di polvere. I maschi sul lato della frana non si erano accorti del pericolo incombente. Non c'era tempo per fuggire. Scomparvero sotto il cumulo dei massi.

I Persh rimasti gridarono spaventati: "Grraa... grraa...

Si dispersero tra la polvere. Ana e i suoi figli tossirono, balbettarono e si allontanarono barcollando verso il punto in cui si erano radunati i sopravvissuti.

Udirono grida di "Greeeh... greeeh..." e gemiti provenire dal fondo del mucchio.

Quando la polvere si fu un po' diradata, Ana vide un corpo disteso a terra come intrappolato. 'Dev'essere Croh.'

Si voltò verso i suoi figli: "Aspettate qui mentre vado a vedere cosa succede."

Incespicando tra la polvere, si imbatté in un maschio sdraiato su un fianco con le gambe incastrate sotto le macerie. Ma non era Croh. Dov'era Croh? Il cuore di Ana sprofondò.

"Dov'è il mio Croh? Dov'è il padre dei miei figli?" urlò mentre le lacrime le sgorgavano dagli occhi.

Era devastata, ma poi il suo istinto femminile riuscì a prendere il sopravvento. Tra le lacrime, abbassò lo sguardo sul Persh intrappolato.

Chiamò Clint e gli altri maschi, "Graak, graak... presto, presto, aiutatemi a togliergli le pietre dalle gambe."

Insieme riuscirono a spostare le pietre, ma le gambe del ferito sembravano orribilmente schiacciate. Sarebbe stato necessario portarlo in braccio. Non c'era traccia di Croh, l'amato compagno di Ana. Dove si sarebbe dovuto trovare c'erano solo mucchi di enormi rocce grigie.

Una sensazione di terribile perdita pervase la madre Pelo Scuro. Scoppio a piangere con forti singhiozzi e raggiunse Clint. Ana tenne suo figlio tra le braccia e gli affondò la testa nella spalla. Ahah arrivò, lei gettò le braccia intorno a sua madre e suo fratello e si unì ai loro singhiozzi. Il Persh sopravvissuto, coperto di polvere, rimase a guardare i massi caduti, incapace di capire. Sapevano che era successo qualcosa di terribile, ma non avrebbero mai saputo che i loro fratelli e cugini se ne erano andati per sempre.

Piagnucolarono per solidarietà con i singhiozzi dei Pelo Scuro, "Greeeh... greeeh..."

I sopravvissuti rimasero così per qualche tempo. Poi, quando si fu ricomposta, Ana chiese a quattro Persh maschi di portare il loro fratello ferito per le braccia e le gambe.

Il triste gruppo uscì a fatica dalla voragine e si fece strada attraverso la boscaglia fino alla distesa erbosa. I Lupi Rossi erano ancora in giro. La colonna sarebbe stata protetta contro gli gnu. I Persh formarono le loro file nel miglior modo possibile e il gruppo tornò a casa nella giungla. Il sopravvissuto ferito sarebbe stato adagiato su una terrazza frondosa per riprendersi.

44 - UN DOLORE E UNA GIOIA

Fu in ranghi molto spezzati che Ana, Ahah, Clint e il Cee Persh sopravvissuto tornarono faticosamente al fiume. Attraversarono l'acqua poco profonda vicino alla cascata e scrutarono la distesa erbosa per accertarsi che fosse privo di pericoli. Tornarono al loro rifugio nella giungla senza Croh e gli altri maschi scomparsi. Alcune femmine adulte andarono incontro a coloro che arrivavano. Rimasero sconcertate quando non videro tutti i maschi. Non avrebbero mai saputo della calamità accaduta. Quando raggiunse la sua dimora sulle cime degli alberi, Ana si gettò su una terrazza di foglie. Era addolorata per Croh, il padre dei suoi figli, e per il loro legame spezzato. La sua sensazione di perdita sarebbe durata a lungo.

Più tardi, Ana riunì Clint, Ahah, Alina e Craat, il suo secondo figlio maschio, e disse ai due più piccoli: "Vostro padre è morto. Un mucchio di massi enormi è caduto su di lui e su alcuni suoi fratelli. È stato completamente sepolto. Non abbiamo avuto modo di trovarlo."

Ahah e Alina gettarono le braccia al collo della madre.

"Oh, mamma," gridò Alina, "siamo tanto tristi per te."

Ana pianse insieme ai suoi piccoli finché non si ricompose.

Poi disse: "Rimarremo qui, sempre consapevoli di non essere del tutto al sicuro. Abbiamo meno Pelo Chiaro con pali di difesa per proteggerci. D'ora in poi voi due maschi Pelo Scuro dovrete portare i pali."

"Possiamo andare a vedere dov'è sepolto nostro padre?" chiese Alina, "Mi piacerebbe tanto vedere quel posto."

"È troppo pericoloso," rispose Ana, "se non ci avessero protetto i lupi, saremmo stati uccisi dagli gnu."

Non appena ebbe finito, la Voce Melodiosa parlò dentro di lei: "I giovani Nuovi Esseri, maschi e femmine, devono accoppiarsi tra di loro. È giunto il momento…"

'Questo è uno shock,' pensò Ana, 'ho appena perso Croh, e ora questo...'

La Voce Melodiosa parlò di nuovo: "...Bisogna farlo adesso..."

Ana, che aveva percepito l'urgenza nelle parole della Voce Melodiosa, disse: "Alina e Craat, andate nei vostri nidi. Devo parlare da sola con Ahah e Clint."

Quando i due se ne furono andati, Ana iniziò: "Ahah e Clint, sapete che non ci dovranno mai essere accoppiamenti tra i Pelo Scuro e i Pelo Chiaro. Sapete che a voi due non è mai stato permesso di accoppiarvi fino a quando non ve lo avessi ordinato io. Il momento è arrivato: i Pelo Scuro si devono accoppiare tra di loro. Ora ordino a voi due, Ahah e Clint, di accoppiarvi. Questo deve avvenire il prima possibile. Dovete unirvi l'uno all'altra in un nido vicino alle terrazze delle femmine. Quando vi sdraiate insieme, dovrete fare come se vi puliste a vicenda. Il corpo di Clint reagirà a te Ahah, e voi due dovrete continuare finché non vi sarete accoppiati. Poi continuerete a indossare le gonne d'erba."

"Sì, mamma," disse Ahah.

I due si diressero verso il nido come aveva ordinato Ana. Ahah e Clint erano già amici stretti, essendo nati a una sola stagione di distanza. Entrambi avevano il corpo ricoperto di caratteristici peli scuri, che conferivano loro un'identità condivisa. Prima dell'alba successiva, il loro accoppiamento fu completo e tra loro iniziò un nuovo tipo di relazione.

Da tempo Ana, i suoi figli Pelo Scuro e molti Persh seguivano un rituale mattutino. Si dirigevano nella giungla in cerca di cibo per la colazione e per il resto della giornata. Erano protetti da molti Persh maschi muniti di pali da difesa e pietre da taglio. Ora i Persh maschi armati erano meno numerosi. Clint e Craat ora portavano pali da difesa e pietre da taglio. Ana insegnò loro come usare quegli strumenti a scopo di difesa, come aveva fatto con i Persh maschi molte stagioni prima.

45 - UNA LEZIONE INTERROTTA

Le stagioni calde e secche seguivano quelle delle piogge a ritmo lento. Si potrebbe pensare che la vita di Ana fosse monotona e solitaria, ma tutto le appariva ancora così nuovo da farla sentire sempre in soggezione. Voleva bene ai Cee Persh, ai figli e alle figlie dei suoi antenati e, naturalmente, amava profondamente i suoi piccoli Pelo Scuro. Era sempre felicemente sorpresa nella sua vita e amava i momenti in cui poteva parlare con il suo amico Faccia Bianca.

Quando Ahee, la terza nipote di Ana, cominciò a parlare e Ceel, il suo terzo nipote, cominciò a camminare, lei sue lezioni diventarono più complicate. Lei scendeva dalla sua terrazza alberata fino al luogo in cui Ahee e Ceel venivano accuditi dalle loro madri, Alina e Ansoa. Bitsi e Citsi erano lì. Itsi era morta.

"Buona alba a tutti! Come state?" Ana prese Ahee tra le braccia e la fece dondolare.

"Nonnaa... nonnaa", la piccola aveva già iniziato a parlare la lingua di Ana.

Si sedettero nella palizzata dove furono raggiunti da Aloa, la prima nipote di Ana.

Ana le chiese: "Come hai dormito, Aloa?"

"Ero un po' agitata. Penso che il nuovo piccolo nascerà presto. Sento che si muove molto e capisco che Bitsi e Citsi lo sanno e mi aiuteranno", rispose Aloa.

"Beh, aspettiamo e vedremo," disse Ana. "Vai al tuo nido e riposati il più possibile. Il tuo piccolo sarà il mio primo pronipote: sono tanto emozionata! Mi assicurerò che Clint ti procuri del cibo in più."

Ana adorava i suoi nipoti, ma con un pronipote, il suo amore sarebbe stato ancora più speciale. Si tolse le braccia di Ahee dal collo e la fece sedere a terra accanto a lei.

"È ora di una lezione nella mia lingua. Iniziamo…"

Così iniziò quella giornata, la prima di molte giornate in cui Ana avrebbe insegnato la propria lingua ad Ahee e al piccolo Ceel.

All'improvviso, il terreno dove sedevano cominciò a tremare e a muoversi. Era come se la terra stesse cercando di lanciarli in aria. Si udì un tremendo boato che coprì completamente il fragore della cascata. Il rimbalzo continuò per un tempo che sembrò lunghissimo, finché l'intero gruppo si sdraiò spaventato e i piccoli Ahee e Ceel scoppiarono a piangere. Dapprima il tuono si fece più forte, poi svanì. La giungla piombò nel silenzio e l'unico suono fu quello della cascata.

"Cosa è successo, mamma?" Aloa fu la prima a parlare.

"Non lo so; è davvero spaventoso."

46 - TROVARE LA STRADA

Quando il terreno smise di muoversi e quel terribile brontolio cessò, riuscirono di nuovo a udire la cascata. Tutti gli abitanti di quel rifugio nella giungla rimasero sbalorditi. Che fossero appesi a un ramo o sdraiati a terra, ognuno di loro rimase in attesa del tremore successivo. Quando non accadde nulla, Clint e Craat si lasciarono cadere dai loro posatoi e sbirciarono sulla distesa erbosa. Furono raggiunti da un gruppo di Persh maschi muniti di pali da difesa.

Mentre guardavano verso la cascata, intuirono che qualcosa era cambiato, ma non sapevano di cosa si trattasse. Raccogliendo il coraggio, si avviarono verso la cascata e la base della scogliera. Si guardarono intorno per vedere se ci fosse un branco di animali giganti o qualche mostro in grado di far muovere il terreno. Cosa avrebbe potuto causare quel brontolio che aveva coperto il fragore della cascata? Gli occhi di Clint furono attratti dalle cascate. Quello che vide gli fece sbattere le palpebre; lo stupì.

Gridò: "Ehi, la cascata si è trasformata in due cascate!" Indicò e si voltò verso Craat. "Vedi anche tu quello che vedo io? La cascata si è divisa in due."

"Sì, hai ragione. Wow, chissà cosa è successo," rispose Craat.

Mentre guardavano le cascate gemelle, furono raggiunti da Ana che chiese: "Cosa succede? Perché gridi?"

"Mamma, guarda, ora ci sono due cascate... non una. Stamattina deve essere successo qualcosa di grosso", disse Clint.

"Capisco; hai ragione. Chissà cosa è successo." disse lei.

Il gruppo rimase a fissare le cascate. Cercavano di capire.

La mattina dopo, Ana organizzò per Clint, Craat, il giovane Creep e alcuni Persh maschi una spedizione esplorativa per dare un'occhiata più ravvicinata alle cascate e alla scogliera. Si guardarono intorno per accertarsi che il luogo fosse sicuro. Portando le loro armi, camminarono fino alla base di quelle che ora erano due cascate.

Ana disse: "Controlliamo la scogliera e vediamo se c'è qualcosa di diverso. Forse è cambiata la forma."

Il gruppo svoltò a sinistra e procedette a seguire la linea della scogliera, mantenendosi vicino al sottobosco alla sua base. Stavano andando verso il luogo in cui il giovane Persh era stato ucciso dal masso.

Improvvisamente Clint gridò: "Guarda, la scogliera si ferma più avanti, proprio dove è stato ucciso il giovane Pelo Chiaro."

"Sì, è come se la scogliera al di là fosse scomparsa", disse Ana, "Andiamo avanti. Vediamo cosa è successo."

Raggiunsero il punto in cui si trovava la fenditura e si fecero strada nel sottobosco. Dove c'era stata la fenditura ora si trovava una lunga roccia liscia protesa verso il cielo. Non c'era nessuna scogliera.

"Saliamo in cima e vediamo dove va a finire", disse Craat.

Quando raggiunsero la cima, si trovarono a guardare una vasta distesa di praterie. Questo si estendeva fino a una linea di colline verdi prima di un monte dalla vetta bianca in lontananza. Il volto oscuro di una giungla si stagliava da un lato.

"Eccola!" gridò Ana entusiasta. "È questa la via da seguire. Troveremo il nido di Faccia Bianca."

Clint notò le forme scure di alcuni animali sconosciuti in lontananza e avvertì: "Laggiù potremmo trovare nuovi pericoli."

Ana disse: "Ora torniamo alla cascata. Ma la via da seguire è questa."

Il gruppo di esploratori si voltò e tornò sui propri passi, scendendo dalla roccia in pendenza e tornando al proprio rifugio nella giungla.

47 - PREPARATIVI

L'alba successiva, Ana chiamò la sua famiglia e tutti i Cee Persh tranne le vedette. Li chiamò per un raduno sulla distesa erbosa, di fronte alla prima fila di alberi. Ana sedeva nell'erba con Clint, Craat, Creep, Ahah, Alina e Ansoa. C'erano tutti i suoi nipoti: Aloa, Crink, Alma, Ceep, Ahee e Ceel, tre femmine e tre maschi. Aloa e Alma coccolavano Alaha e Craam, i pronipoti di Ana.

I Persh e Cru, l'unico superstite della banda ancestrale di Cee Persh di Pelo Scuro di Ana, formarono un ampio semicerchio intorno a loro. Arrivarono due lupi rossi e si sedettero all'esterno del cerchio.

Ana spiegò i suoi piani: "Siamo stati in un posto in cui la scogliera non c'è più. Non c'è nulla che ci impedisca di partire per il nostro viaggio alla ricerca del nido di Faccia Bianca. Aspetteremo che Alaha e Creek siano cresciuti un po' ", continuò, "I Pelo Chiaro maschi potranno impiegare questo tempo a esercitarsi con i pali da difesa e le pietre da taglio. Clint, Craat e Creep si uniranno a loro per sostituire i membri perduti."

"Dobbiamo portare qualcosa con noi?" chiese Aloa, preoccupata per il suo nuovo piccolo.

"Sì", rispose Ana, "dobbiamo raccogliere le foglie, le bacche e le noci di cui avremo bisogno se non riusciamo a trovare cibo. Sono importanti, soprattutto per i più piccoli. Va bene. Avete altre domande?"

"Dobbiamo continuare a indossare le gonne d'erba?" chiese il giovane Crink.

Non gli piaceva indossare lo stesso indumento delle sue parenti femmine.

"Cosa? Mi stai chiedendo se devi continuare a indossare una gonna d'erba?" ribatté Ana, "La risposta è questa: insisto che tutti i miei discendenti, di ogni generazione, continuino a indossare una gonna d'erba fino al giorno della loro morte. Sono stata chiara? Quindi la risposta è sì. Devi indossare sempre la gonna d'erba. Se non lo fai, sarai bandito dalla famiglia e dal gruppo. Hai capito?"

"Sì, mamma, capisco."

"Quando partiremo, vorrei che voi due, Aloa e Alma, teneste Bitsi e Citsi vicino a voi. Queste adorabili Pelo Chiaro sono bravissime a prendersi cura dei più piccoli. Poi gridò: "Gruuu... !" una parola Persh per esprimere felicità e "Graw", che significa "andiamo". Ana concluse: "Grazie a tutti. Torniamo a fare quello che stavamo facendo."

Poi si confusero di nuovo nell'oscurità della giungla.

48 - RITORNO ALLA MISSIONE

Erano passate molte stagioni, umide e secche, tra il momento in cui il viaggio di Ana era stato bloccato dall'alta scogliera e l'evento sismico. Ora che la recente stagione umida era davvero finita, era giunto il momento di ripartire per inseguire il suo sogno.

Il viaggio iniziò nel fresco del mattino. I suoi figli maschi, Clint, Craat, Creep e persino il nipote Crink, erano stati chiamati a prendere il posto dei maschi Cee Persh scomparsi. Quando l'intero gruppo fu riunito nelle file della colonna in marcia, si avviarono verso il lungo pendio che conduceva al mondo oltre la scogliera. La colonna risalì il lungo pendio e raggiunse la cima mentre il Sole stava ancora sorgendo.

Quando raggiunsero l'altra distesa erbosa, un branco di gazzelle si spaventò e si allontanò da loro. In lontananza si vedeva una fila di colline alberate. Il volto oscuro di una giungla si stagliava da un lato. La colonna si spostò per essere vicina alla giungla all'inizio del viaggio, il diretta verso le colline più avanti. Ana pensava: 'Sono felice ora che siamo riusciti a lasciarci alle spalle la cascata e inseguire il mio sogno.'

Mentre sognava ad occhi aperti, fissava oltre le teste pelose di quelli davanti a lei. All'improvviso

Ana rimase scioccata fino al midollo. Era come se una pietra da taglio le avesse attraversato la mente. Davanti a lei c'era un branco di leoni in piedi tra i cespugli. La vista dei leoni la ferì profondamente. Le balenò nella memoria l'immagine delle leonesse che avevano sterminato la sua famiglia.

Sibilò: "Grek... grek... grek... fermiamoci", finché la colonna non si fermò. Poi ripeté: "Grraa... grraa... andiamo, andiamo", mentre si voltava impaurita, precipitando attraverso il vicino sottobosco e nella giungla..

La colonna percepì il pericolo e la seguì. Continuarono a seguirla mentre si arrampicava su un albero in preda al panico. Si appollaiò su un ramo e pensò: 'Cosa è successo? Ho perso il controllo. Questo non deve succedere.'

Alla fine chiamò: "Graw... graw... seguitemi" e iniziò a dondolare da un ramo all'altro, da un albero all'altro, per continuare il viaggio, restando sulle cime degli alberi. Era un modo di viaggiare lento ma sicuro.

Quando Ana pensò che si fossero spinti ben oltre la tana dei leoni, chiamò Clint: "Usciremo qui alla luce del sole".

L'intero gruppo si lanciò a terra. Fatalmente, erano arrivati in una radura rocciosa circondata su tre lati da alberi ad alto fusto. Sul quarto lato il paesaggio precipitava in una valle nebbiosa.

I Nuovi Esseri a Pelo Scuro e i Cee Persh si distesero alla luce del sole. Clint si accertò che fossero al sicuro. Intorno al raduno furono posizionate delle vedette.

Anche se il Sole stava calando, la giornata era ancora luminosa. Ana era ancora scossa dalla vista dei leoni, ma si sedette su una roccia in alto e osservò la scena. Si rese conto che doveva scrollarsi di dosso quel ricordo doloroso e consolarsi guardando i frutti della sua vita schierati davanti a lei.

I figli, i nipoti e i pronipoti Pelo Scuro di Ahn erano immersi nella luce del Sole. C'erano Clint, Craat, Creep e Ahah, Alina e Ansoa. Tutti i suoi nipoti stavano giocando tra di loro o con i Persh giovani. La vista di Aloa e Alma che coccolavano Alaha e Craam, i suoi pronipoti, era dolcissima. E lei provava una sensazione di grande appagamento. Questa sensazione copriva il suo dolore come un liquido tiepido. Aveva un tenero ricordo di Croh.

"Non è bellissimo?" disse a Clint, che sedeva sotto di lei. "Sono rimasta scioccata quando ho visto quegli animali, quelli che hanno ucciso la mia famiglia. Quella vista ha risvegliato un ricordo doloroso... ma ora sto bene."

"Sembravi molto spaventata."

Ana pensò: 'Non credo che capirebbe di cosa sto parlando. Penso che dovrò solo continuare ad amare ciò che vedo davanti a me.'

Disse a Clint: "Sono tanto felice di poter amare tutti voi."

Decisero di riposare fino all'alba successiva.

Mentre il Sole iniziava a sprofondare dietro gli alberi, Ana diede un'ultima occhiata alla valle nebbiosa. Non molto lontano c'era una sfera traslucida che catturava gli ultimi raggi del Sole al tramonto. Ana la osservò per un po' in silenzio mentre volteggiava. La stava ancora guardando mentre lentamente si allontanava e scompariva nel crepuscolo.

49 - TARTARUGHE E MAMMUT

All'alba, Ana guardò la valle. Fortunatamente, non c'era traccia di leoni o altri animali pericolosi. Si riunirono nella loro colonna in marcia e ripresero il loro viaggio. I tre figli maschi adulti di Ana si unirono ai Persh maschi armati. Clint guidava una fila mentre i suoi fratelli più giovani, Craat e Creep, si unirono all'altra. I maschi più giovani e le femmine trasportavano tutto ciò che doveva essere trasportato. Si diressero verso le colline lontane.

La discesa lungo un pendio fu semplice. Quando svoltarono un angolo della giungla, trovarono ad attenderli uno strano spettacolo. Il terreno davanti a loro degradava verso un burrone incassato, e davanti a loro si vedeva una specie di lunga fila di cespugli di colore scuro. Man mano che il gruppo si avvicinava, vide che non si trattava di cespugli, ma di una schiera di gusci di tartaruga. Una fila di tartarughe emergeva dalla base di un gruppo di alberi su un lato e si stava dirigendo verso la giungla nella direzione opposta. Sembrava che un fiume di gusci di tartaruga attraversasse la valle e scomparisse nella giungla.

Clint diede il segnale di fermarsi: "Grek... grek..."

Il gruppo si fermò e si allargò per guardare quella strana scena. Mentre le tartarughe scomparivano nella giungla, l'intero gruppo le osservava stupito.

Ma poi un Cee Persh nelle retrovie lanciò un grido di avvertimento: "Greeh... greeh... greeh..."

Ana si voltò e vide un'orribile muraglia di animali giganteschi in arrivo dalla collina alle loro spalle. Non sapeva cosa fossero, ma erano mammut. Le loro enormi zanne, che ondeggiavano davanti a loro, brillavano alla luce del sole.

I mammut si avvicinarono rapidamente al gruppo, spalla a spalla. Ana si guardò intorno in preda al panico. Cosa avrebbero fatto? Temeva per i suoi figli e per i Persh. Oltre la massa delle tartarughe in movimento si trovava una collina disseminata di enormi massi.

Ana rifletté rapidamente sulla situazione e gridò: "Correte tutti verso le rocce. Graw... graw... graw! Superate i gusci in movimento il più velocemente possibile. Portate i piccoli. Graw... graw!"

Non appena Ana gridò, tutto il gruppo iniziò a correre verso i gusci di tartaruga e a saltellare guscio per guscio verso i massi. Gli adulti aiutarono i fragili e i giovanissimi. Quando raggiunsero le rocce, scivolarono tra le pietre enormi e trovarono protezione.

Udirono un suono orribile: "Crac.. crac... crac".

Gli zoccoli dei mammut stavano schiacciando i gusci delle tartarughe. Gli animali si stavano avvicinando al gruppo calpestando le tartarughe. Quando i primi mammut raggiunsero i massi, le loro zanne scricchiolarono contro le pietre. I loro enormi zoccoli inciamparono mentre cadevano in avanti e crollavano.

I Pelo Scuro e i Persh stavano ormai scalando la collina coperta di roccia per mettersi in salvo. Si voltarono indietro per vedere che i mammut erano stati fermati.

La collina svettava nel cielo blu e Crink e Ceel furono i primi ad arrivare in cima. Guardarono quello che si trovava oltre.

Crink gridò: "Guarda! Oh, guarda! C'è un fiume, un grande fiume."

Presto l'intero gruppo aveva raggiunto la cima della collina e poteva vedere che c'era un'ampia valle attraversata da un fiume. Sui due lati, il fiume era fiancheggiato da sponde erbose e da una fitta giungla.

Ana si assicurò che la strada sembrasse libera e disse: "Dobbiamo schierarci in formazione quando arriviamo alla riva del fiume. Seguiremo il fiume. Andiamo! Graw… graw…"

Raggiunto il fiume, si misero in fila e si incamminarono lungo la riva accanto al sottobosco che costeggiava una giungla.

50 - IN RIVA AL FIUME

Il fiume scorreva verso una vetta innevata lontana, oltre una linea di colline e una valle nebbiosa. Al calar del Sole, mentre la luce iniziava a svanire, il cielo dietro di loro stava cambiando. Le nubi scure che si stavano alzando ricordarono loro che presto sarebbe arrivata la stagione delle piogge. Non sapevano che quelle nubi scure erano già cariche di un diluvio che si stava avvicinando. Stava diventando più buio e l'aria si rinfrescava.

Si inoltrarono nella boscaglia alta fino alla vita, sperando di trovare una radura dove passare la notte. Presto caddero grandi gocce di pioggia e soffiò una forte brezza.

"Grek... grek... grek... fermiamoci qui," gridò Ana, "dormiremo tra i cespugli, vicino alla giungla."

Il gruppo sprofondò dove si trovava. Cominciò la distribuzione di noci e bacche. Aloa nutriva il suo neonato, e una Cee Persh madre i suoi piccoli. La pioggia divenne uno scrosciante acquazzone con raffiche di vento che la trasformarono in getti d'acqua. Non c'era molto da fare, se non sedersi a terra e aspettare la fine della tempesta. Un paio di Persh, presi dal panico, balzarono in piedi, pronti a fuggire verso la giungla.

"Graak... graak... rimanete qui," gridò Clint, "dobbiamo stare insieme."

Ana riusciva a malapena a udire la voce di suo figlio attraverso la tempesta. Teneva in braccio il piccolo Craam, cullandolo mentre il piccolo si lamentava.

"Grraa... grraa...!" urlò uno dei Persh, allarmato, mentre ondate di acqua gelida iniziavano a turbinare intorno ai corpi a riposo.

Il fiume stava straripando. Un'ondata dopo l'altra si abbatté sul terreno dove si era rannicchiato il gruppo. Il terreno era ricoperto da strati di vegetazione caduta e Ana stava ancora stringendo la piccola Craam quando il suolo sotto di lei iniziò a spostarsi. Improvvisamente, lei e due Persh maschi galleggiavano su una zattera di rami.

Ana percepì il movimento e gridò terrorizzata: "Clint, oh Clint".

Clint udì qualcosa attraverso la pioggia torrenziale, ma non riuscì a distinguere il suono. Altre grida si persero nel fragore della tempesta, mentre Ana e i Persh venivano travolti dal fiume gonfio. Altre parti del terreno iniziarono a muoversi.

Clint gridò: "Aspettate... aspettate."

I Persh e i Pelo Scuro si aggrappavano a qualsiasi cespuglio o ceppo che riuscissero a trovare.

Il diluvio continuò per tutta la notte fino a quando, verso l'alba, la pioggia si placò lentamente e il livello del fiume iniziò a scendere.

Non appena riuscì a scorgere qualcosa al di là del suo braccio teso, Clint si guardò intorno per vedere cosa fosse successo. Quelli vicino a lui erano completamente inzuppati dalla pioggia, ma per il resto sembravano stare bene. Però mancava qualcuno. Dov'era sua madre? Clint inorridì rendendosi conto che la sua amata madre era scomparsa. La sua mente fu pervasa dalla paura: 'Dov'è?' Guardò il fiume gonfio che scorreva e pensò: 'La mamma è stata spazzata via? È sotto le onde?' Clint sprofondò nel fango e iniziò a singhiozzare in modo incontrollabile. Ahah capì cosa era successo e lei cominciò a piangere.

Creep, il fratello minore, gridò: "No... no... no... dove sono Craat... e Alina... e Aloa... e la piccola Alaha? Dove sono?"

Ahah gridò: "Dove sono Ahee e Crink?...Mancano alcuni dei nostri Pelo Chiaro."

Uno dei Persh maschi più anziani si alzò in piedi fino alle caviglie nell'acqua che si stava ritirando.

Sapeva cosa era successo e grugnì: "Graw... graw..."

Indicò il fiume e fece cenno a Clint. Clint lo vide indicare e smise di singhiozzare. Capì che il vecchio Persh voleva che lui andasse al fiume, che cercasse nel fiume. Clint cercò di ricomporsi. Si rese conto che doveva prendere il controllo della situazione; spettava a lui assumere il comando. Radunò i sopravvissuti sulla riva fangosa del fiume.

Quando tutto fu più calmo, Clint riuscì a parlare: "Graak... graak... calmiamoci tutti e riflettiamo sulla nostra situazione. Devo trovare mia madre e le mie sorelle. C'è una Voce che parla alla mamma e la guida. Come potremmo andare avanti senza di lei?"

Poi Creep gli chiese: "Come faremo a trovarla? Probabilmente starà ancora galleggiando lungo il fiume."

"Capisco che la situazione è terribile", disse Clint, "ma dobbiamo fare tutto il possibile per trovare la mamma e gli altri" Ci incammineremo lungo la riva del fiume e li cercheremo fino a trovarli. Speriamo che siano rimasti intrappolati da qualche parte sulle rive e di riuscire a salvarli."

Il gruppo partì alla ricerca lungo il fiume. C'erano i Persh maschi rimasti con Clint, suo fratello e due nipoti. Ciascuno di loro portava un palo da difesa e una pietra da taglio. Mentre cercavano, Clint si ricordò di ciò che sua madre diceva sempre della Voce: diceva che "...il Voce era sempre incoraggiante". Parlava del momento in cui "Lei e la Voce Melodiosa si sarebbero incontrati".

Nonostante il ricordo confortante, Clint provava una bruciante sensazione di dolore nel petto, ma sapeva di doversi concentrare sulla ricerca futura e ignorare le sensazioni terribili. Sperava di ritrovare presto sua madre. Clint non si era mai separato da Ana prima d'ora.

Anche i Persh erano completamente devoti ad Ana e avrebbero fatto di tutto per trovarla. Clint sapeva che lo avrebbero aiutato e a portarla in salvo. Ma mentre cercavano lungo le rive, la velocità stessa del fiume che scorreva sembrava spazzare via la speranza. C'erano serpenti e altri rettili che galleggiavano. Come avrebbe fatto a sopravvivere la mamma?

51 - LA RICERCA

Ana era terrorizzata al buio. Sfrecciava lungo il fiume in piena, mentre il diluvio la sferzava. Mentre stringeva il piccolo Craam al petto, i Persh si aggrapparono alle sue braccia, uno per lato. Sembravano galleggiare sempre più velocemente.

"Grraa... grraa... aspettate... aspettate", gridò Ana mentre il piccolo continuava a piangere.

All'improvviso si udirono un tonfo e un suono stridulo. La zattera su cui stavano galleggiando si era fermata contro un banco di sabbia. Ana rotolò sulla sabbia con il piccolo Craam e i Persh saltarono dietro di loro.

All'alba, Ana si rese conto che erano atterrati su un'isola a metà fiume. Quell'isoletta non era altro che una macchia di sabbia ed erba punteggiata di massi. Non sapeva che grazie all'isola avevano evitato di perdersi sulle rocce più a valle. Si sdraiarono sull'erba, felici di essere al sicuro e sollevati dal fatto che il loro viaggio terrificante fosse giunto al termine. Presto Ana si rese conto che erano ancora in grave pericolo. Sebbene fossero esausti e il piccolo Craam e i Persh si fossero addormentati, Ana non poteva dormire.

Iniziò a chiedere ad alta voce alla Voce Melodiosa: "Oh Voce, cosa possiamo fare? So di essere qui per uno scopo importante. Ti sento spesso dentro di me e vedo il cielo sopra di me e Faccia Bianca. Sono giunta al termine della mia vita senza avere raggiunto il mio obiettivo?" gridò: "Com'è possibile? Non c'è via d'uscita? Puoi fare qualcosa per aiutarmi?"

Ana piangeva, ma le sue grida e i suoi singhiozzi si persero nel fragore del fiume. I Persh e il piccolo Craam si svegliarono alle grida di Ana e iniziarono a piagnucolare sommessamente. Alla fine, quando Ana fu stanca e rauca, gridando aiuto, si alzò con Craam tra le braccia e strisciò fino all'estremità dell'isola. Il suo cuore sprofondò al pensiero che quella fosse la fine del suo viaggio e che lei dovesse morire lì di fame. Tornò dove si era sdraiata sull'erba e iniziò a piangere pensando: 'Quando sentirò la Voce Melodiosa?' Cadde in un sonno agitato per la stanchezza, sdraiata in posizione fetale. Il pronipote era rannicchiato tra le sue braccia.

Ana fu svegliata dalla Voce Melodiosa: "...Cosa succede al mio piccolo Nuovo Essere? Come hai fatto a trovarti in questa situazione? Non importa, non possiamo permettere che ti accada questo. Non deve succedere..."

Per la prima volta, la Voce Melodiosa sembrava preoccupata.

52 - UN AUDACE SALVATAGGIO

Clint e gli altri si avvicinarono a un'ansa del fiume. Ora la corrente era meno veloce. Gli animali annegati e i rami degli alberi non galleggiavano più in modo così rapido. Dove il fiume si restringeva, videro un'isola bassa adagiata sull'acqua scura.

"E quelle figure cosa sono?" Clint pensò ad alta voce: "Quella è la mamma?" Poi gridò: "Quella è la mamma con due Pelo Chiaro."

I soccorritori iniziarono a correre lungo la riva del fiume fino a trovarsi di fronte all'isola. Agitavano le braccia e gridavano sopra il fragore del fiume. I Persh li avrebbero uditi? Poi uno dei due Persh sull'isola notò le mani che si agitavano. Ana e i Persh iniziarono a salutare quelli a riva.

Le lacrime volevano sgorgare dagli occhi di Clint, ma il suo corpo si bloccò. Come avrebbe potuto raggiungere sua madre? Rimase a lungo in piedi, guardando verso l'isola e chiedendosi cosa fare. Improvvisamente, come ispirato, ebbe un'idea attraverso la sua angoscia.

Gridò a coloro che lo circondavano: "Ci servono tralci di piante rampicanti. Andiamo a cercarli."

Presto lui e i rimanenti Pelo Scuro adulti, tra cui Ahah e Creep, annodarono insieme dei tralci di piante rampicanti per formare una lunga corda. Poi, insieme ai Persh, costruirono una zattera di rami d'albero. Questi furono legati insieme con più tralci. La zattera fu spostata sulla riva del fiume di fronte all'isola.

Un gruppo di Persh adulti si trovava insieme all'ansa del fiume e teneva un'estremità della lunga corda di piante rampicanti. Clint afferrò l'altra estremità mentre i Persh la tenevano. Salì sulla zattera quando questa fu calata in acqua. Lui aveva un ramo dritto e un foglio di corteccia ai piedi. Lasciando che la corda gli scivolasse tra le mani, Clint si spinse sul fiume vorticoso. La zattera dondolava spinta dalla corrente e, come un pendolo, fu trasportata sull'isola. Quando approdò, la madre, la figlia e i due Persh lo stavano aspettando. Ana salì sulla zattera accanto a Clint tendendo in braccio Craam. I Pelo Scuro poi si allontanarono dall'isola mentre i Persh all'ansa del fiume tenevano la corda tesa. La zattera oscillò di nuovo come un pendolo verso la riva del fiume. I Pelo Scuro e Persh si affollarono intorno ad Ana. La loro amata madre era al sicuro. Clint afferrò di nuovo la corda tesa e tornò sull'isola per salvare i due Persh bloccati.

Quando l'intero gruppo si fu riunito in sicurezza sulla riva del fiume, Ana fu circondata dai suoi familiari e dai Persh. Tutti cercarono di abbracciare la madre salvata. Clint pianse di sollievo mentre la abbracciava. Aveva le guance rigate da grandi lacrime.

"Oh mamma... oh mamma... oh mamma", lui gridò.

Non aveva le parole per esprimere ciò che provava. Anche i nipoti sopravvissuti di Aaha e Ana versarono lacrime di gioia mentre le si affollavano intorno. L'intero gruppo divenne una massa di corpi abbracciati.

Mentre l'abbraccio continuava, Ana si guardò intorno e scrutò tutti i volti. Ebbe un'improvvisa e terribile illuminazione.

Soffocando dall'emozione, chiese : "Dove sono Craat, Alina, Aloa e la piccola Alaha? Dove sono Crink e Ahee? Mancano alcuni dei nostri Pelo Chiaro?"

Il secondo figlio di Ana, tre dei suoi nipoti e la sua pronipote Alaha erano scomparsi. Erano stati spazzati via. Anche molti Persh erano dispersi.

Clint disse: "Sì, mamma, hai ragione. Mio fratello è scomparso, Alina è scomparsa, Alaha è scomparsa con Aloa e anche Ahee e Crink sono scomparsi. Devono essere stati trascinati via come te."

"Pensi che siano al sicuro?" chiese Ahah.

"Beh, dovrebbero essere su una zattera di rami e ramoscelli," rispose Clint, "continueremo a cercarli finché non li troveremo. Speriamo che i Pelo Chiaro scomparsi siano rimasti con loro. Graw... graw... andiamo!"

Clint indicò la riva erbosa del fiume mentre costeggiava la giungla. "Dobbiamo continuare a seguire il fiume", disse Clint, "continueremo a cercare. Non perderemo la speranza."

Dopo una sosta sull'erba per riprendersi dallo shock e riposare, il gruppo partì alla ricerca dei dispersi.

53 - IN CERCA DEGLI ALTRI

Ana si stava riprendendo dal suo calvario di essere stata travolta. Clint si occupò della ricerca dei dispersi a valle.

Disse: "Andrò avanti con Creep. Voi due Pelo Chiaro potete venire con me?"

Clint scelse due Persh più anziani per la ricerca.

"Troveremo sicuramente i nostri cari", disse.

Lasciando Ana e gli altri sopravvissuti, Clint e il suo gruppo si avviarono lungo la riva del fiume a passo di trotto. Dovevano continuare la ricerca senza perdere tempo.

Per prima cosa, era necessario attraversare un'area rocciosa e la riva del fiume era parzialmente crollata in un punto.

All'improvviso uno dei Persh grugnì: "Grraa... Grraa..."

Il gruppo si fermò di colpo. Non molto più avanti, un branco di animali dalle corna lunghe si abbeverava sulla riva del fiume. I quattro aspettarono frustrati che il branco si fosse ritirato in una radura nella giungla.

"Va bene, ora possiamo proseguire", disse Clint.

Più avanti, videro dei grandi alligatori sulla riva del fiume. Stavano trascinando la carcassa di un animale morto verso il fiume.

"Aspetteremo che se ne vadano", disse Clint a bassa voce.

I quattro si accovacciarono per riposare dove si trovavano. Alla fine, quando gli alligatori scomparvero nel fiume, poterono riprendere la ricerca.

Quasi al tramonto si accorsero di un suono rimbombante davanti a loro. Arrivarono a una cascata che si estendeva fino all'altra riva del fiume. Mentre scendeva da un pendio roccioso per guardare la cascata, Clint si sentì il cuore sprofondare nell'orrore.

"Una zattera di rami non sarebbe potuta resistere a questo", disse, "se non troviamo i dispersi qui, devono essere scomparsi. Chiamiamoli ad alta voce."

"Alina, Ansoa... Alina, Ansoa..." gridarono Clint e Creep.

I Persh urlarono a squarciagola. Tutti continuarono a urlare fino a diventare rauchi. Ormai si stava facendo buio. Si ritirarono in postazioni alte tra gli alberi.

All'alba, Clint e il gruppo iniziarono a tornare sui loro passi verso Ana e il gruppo principale. Questi si erano rifugiati durante la notte ed entrambi i gruppi si riunirono vicino al punto in cui Clint aveva visto gli alligatori.

Quando Clint parlò, lui iniziò a piangere: "Non siamo riusciti a trovare Alina, o Ansoa... o gli altri."

"Non piangere", disse Ana, "La Voce Melodiosa e Faccia Bianca li avranno in custodia. Il fiume ci porterà più vicino al nido di Faccia Bianca, e sicuramente li troveremo là."

Il gruppo si riassemblò in file più corte e si mise in marcia, riprendendo la ricerca del nido di Faccia Bianca.

54 - LA METEORA

I sopravvissuti alla terribile tempesta continuarono a seguire la riva del fiume. Non si allontanavano mai troppo dalla giungla più vicina, ma speravano comunque di trovare i dispersi. Durante le occasionali piogge dovevano trovare riparo. Ma non accadde mai nulla di simile alla tempesta che aveva spazzato via Ana. Quando il fiume raggiungeva una gola, il gruppo trovava il modo di superarla. Altrimenti avrebbero dovuto prendere una direzione diversa.

Avevano percorso questa via fino a quando il Sole non aveva superato lo zenit. Ana decise di fermarsi a mangiare.

Disse: "Clint, penso che sia ora di fermarci qui e mangiare tra quegli alberi. Sembra un posto sicuro."

Proprio mentre stava per dare l'ordine di fermarsi, una meteora infuocata si schiantò sugli alberi davanti a loro. Poi un lampo accecante e un boato fragoroso. Il terreno tremò sotto i loro piedi e subito le fiamme si sollevarono dal bordo della giungla. Gli alberi e il sottobosco erano in fiamme. Le fiamme iniziarono a saltare da un albero all'altro e da un cespuglio all'altro. Il fuoco si dirigeva verso il gruppo. In preda al panico, si voltarono e tornarono di corsa sui loro passi. Il crepitio del legno ardente riempì l'aria.

Poiché Ana prima era vicina alla testa della colonna, ora era in coda. Si stava assicurando che non ci fossero ritardatari e, mentre afferrava un piccolo, fu raggiunta dalle fiamme. Sentì un calore bruciante dietro di sé e i peli sulla schiena le presero fuoco. Correndo più veloce che poteva, riuscì a superare una collina e a sfuggire al pericolo immediato. Allora lasciò cadere il piccolo e iniziò a rotolarsi avanti e indietro nell'erba. Ma ormai il danno era stato fatto. In preda a un dolore lancinante, Ana singhiozzava e piangeva a dirotto.

"Oh, Voce, perché mi è successo questo?" urlò di dolore: "Perché proprio a me?"

Ma non c'era tempo da perdere. Le fiamme si stavano avvicinando.

"Andiamo, mamma, dobbiamo andare avanti," disse Clint.

Combattendo il dolore, Ana si affrettò a seguire il gruppo trascinando il piccolo per mano. Alla fine, riuscirono a trovare un vecchio letto di fiume asciutto. Non c'erano cespugli che il fuoco potesse bruciare.

"Dovremo ripararci qui finché l'incendio non si spegne", disse Clint, "non potremmo mai sopravvivere all'aperto".

Si accovacciarono in un grande gruppo mentre l'aria sopra di loro si riempiva di calore e fumo e il cielo era coperto.

Ana, sdraiata a pancia in giù, singhiozzava ancora in silenzio. Ad aggravare la sua agonia c'era il fatto che il gruppo vedeva quanto fosse fragile la madre, la loro leader. Lei lo sapeva, anche se il dolore le travolgeva la mente.

Quando si rese conto che non c'erano foglie fresche per calmare il dolore lancinante, supplicò: "Sputatemi sulla schiena... sputatemi sulla schiena..."

Ahah, Ansoa e sua nipote Alma compresero ciò che stava succedendo. Si radunarono intorno ad Ana e iniziarono a sputare sulla ferita che trasudava. Per consolare la madre, canticchiarono la ninna nanna che Ana cantava loro quando li coccolava da piccoli. "..."Piccolina, chiudi gli occhi e dormi... Il canto di Faccia Bianca echeggia sopra di te..." Mentre lo ripetevano, i Persh iniziarono a piagnucolare. Poi pianse l'intero gruppo, i Pelo Scuro e i Persh. Il canto della ninna nanna e il lamento continuarono, salendo e scendendo, fino a quando il Sole iniziò a fare capolino attraverso il fumo.

55 - TERRA FUMANTE

Il paesaggio era ormai un mare di calore fumante. Sopra una collina, i ceppi anneriti erano tutto ciò che rimaneva degli alberi mentre il fumo saliva al cielo.

Ana, sdraiata a pancia in giù, fu contenta quando sentì il fresco della sera. Le ci vollero tutta la notte e metà della giornata successiva prima che cadesse in un sonno agitato. I Pelo Scuro e i Cee Persh adulti erano riuniti intorno a lei sul letto di fiume asciutto. A turno sventagliavano la schiena di Ana con pezzi di corteccia essiccata.

Poi le grida di un piccolo ricordarono loro che avevano sete e fame. Dovevano trovare una giungla intatta.

Clint disse: "Dobbiamo cercare del cibo, ma prima portiamo la mamma al fiume per bagnarsi le ferite."

Clint non sapeva come, ma in qualche modo riuscirono a portare sua madre al fiume. Raggiunto il fiume, Ana fu adagiata delicatamente nell'acqua fredda e lasciata a bagno. Poi giunse il momento di cercare alberi incombusti. Il gruppo avrebbe voluto rotolarsi in acqua con Ana, ma la fame li spinse a proseguire.

Clint disse: "Il vento soffiava da questa parte, quindi guardiamo nell'altra direzione, oltre il punto dove è caduta la meteora."

Si riunirono in un gruppo come meglio poterono e arrancarono nella direzione indicata da Clint. Ana fu aiutata da due dei Persh maschi più forti.

Seguendo il loro percorso, attraversarono la zona in cui si era sviluppato l'incendio. Il terreno era ancora caldo, ma fortunatamente percorribile. Costeggiarono il luogo in cui la meteora aveva colpito e proseguirono.

"Vedo alberi verdi davanti a noi," esclamò Ahah, "ma fate attenzione quando ci avviciniamo."

Avevano trovato gli alberi prima che qualcuno del gruppo crollasse. Spezzarono i ranghi e corsero a mangiare. Le femmine si assicurarono che ogni piccolo venisse nutrito per primo e che Ana avesse foglie succulente.

La giungla era pervasa da un silenzio mortale. Tutti gli animali erano fuggiti e il gruppo trovò foglie, bacche e noci in abbondanza. Erano salvi.

Non appena i maschi adulti ebbero mangiato, Clint organizzò la costruzione di una piattaforma e dei nidi. Seguì l'esempio di sua madre dando sempre priorità alla sicurezza. Questa volta doveva prima trovare un posto dove farla sdraiare. Ana fu sollevata sulla prima piattaforma completata e Ahah e Ansoa le applicarono le foglie più fredde sulla schiena. Sapevano che le avrebbero lenito la ferita. Il dolore si calmò un po', ma era ancora così forte da impedire ad Ana di muoversi. Doveva farsi portare il cibo.

Quando Ana fu accudita, si decise di riposare tutti. Molti avevano i piedi doloranti e gli occhi che bruciavano.

"Clint, tutti noi dobbiamo riposare e riprenderci," disse Ahah, "la mamma avrà bisogno di molto tempo prima di poter viaggiare."

"Va bene, ci rifugeremo qui finché la mamma non sarà pronta"

Poiché non c'era traccia di animali pericolosi, Clint sentì che si poteva scendere in sicurezza dalla riva erbosa fino al fiume.

"Se facciamo attenzione, possiamo andare al fiume."

E iniziarono a farlo. A turno, l'intero gruppo scendeva a immergere nell'acqua fredda i piedi coperti di vesciche.

56 - LA SOFFERENZA DELLA MADRE

Ana si sdraiò a faccia in giù su un nuovo letto di foglie. Il dolore alla schiena si stava calmando un po', ma sentiva che le stava prosciugando le forze. Ahah e Ansoa erano molto attente ad applicare le foglie fresche e ad assicurarsi che le fosse dato il cibo migliore. Assistere la madre era il loro obiettivo giorno e notte.

Per Ana, l'interruzione del viaggio verso la sua meta era una ferita in più che si aggiungeva al dolore fisico e alla perdita di tutti quei figli. Mentre lei giaceva sulle foglie, la sua mente si allontanava dal dolore e tornava al passato felice. A partire dalla comparsa degli esseri luminosi e dall'inizio della sua nuova vita, tutti gli eventi felici avevano iniziato a manifestarsi nella sua memoria. Aveva fatto tutto ciò che le aveva chiesto la Voce Melodiosa. L'unione con Croh le aveva dato i figli che amava tanto. Ora c'erano i suoi adorati nipoti e pronipoti. Lei trascorrevano momenti di felicità sulle cime degli alberi a parlare con Faccia Bianca. Ricordò le volte in cui i Pelo Chiaro maschi si erano schierati sulla prateria, con i pali da difesa pronti. Ma aveva anche pensieri frustranti. Quando La Voce Melodiosa le aveva detto: "...Ci incontreremo presto..." significava che l'incontro con Faccia Bianca sarebbe avvenuto presto. 'Perché questa attesa?' pensò: 'Se solo i miei figli non fossero scomparsi e non fosse scoppiato quell'incendio.' La Madre desiderava tanto seguire la sua ispirazione per raggiungere il nido di Faccia Bianca. Le sue ustioni impiegavano tanto tempo a guarire. Sentiva che il tempo stava per scadere.

Un tramonto, Ana chiamò Clint: "Ci dobbiamo rimettere in viaggio. Dobbiamo trovare i dispersi in modo che io possa raggiungere il nido di Faccia Bianca mentre sono ancora forte."

"…Ma mamma, non stai abbastanza bene in questo momento. Secondo me, dovremmo aspettare che tu stia molto meglio."

Clint sapeva che sua madre voleva trovare la sua famiglia e raggiungere l'agognata meta, ma non pensava che fosse pronta.

Ana aggiunse: "La stagione delle piogge sta per iniziare, figliolo. Dobbiamo almeno coprire una certa distanza prima che piova."

"Ma mamma, non sei pronta."

"Figliolo, te lo sto ordinando. Dobbiamo partire il più presto possibile."

Clint scelse quattro maschi sani per trasportare sua madre: tre Persh e Creep, il terzo figlio di Ana. Per il trasporto costruirono un catafalco simile a un nido. Presto l'intero gruppo fu pronto. Tornarono a schierarsi in fila come prima, restando il più vicini possibile, e partirono con Clint al comando.

57 - LA PERDITA DELLA MADRE

Il fiume scorreva tra le rapide mentre scendeva verso una valle nebbiosa. La colonna di Pelo Scuro e Cee Persh costeggiava la riva del fiume, non lontano dalla fila degli alberi. Oltre a Clint, Ahah e Ansoa, la colonna in marcia comprendeva gli altri Pelo Scuro, Creep e i nipoti superstiti di Ana: Ceep, Ceel, Alma e il piccolo Craam, il suo secondo pronipote. Mentre il fiume continuava a serpeggiare verso la valle, il catafalco di Ana veniva trasportato da tre Persh maschi e da Creep. Ahah e Ansoa camminavano a turno accanto alla madre. Lei era ancora molto debole e le figlie le parlavano per aiutarla a sopportare il dolore. Si sdraiava sull'uno o sull'altro fianco. La sua schiena stava guarendo, ma le faceva ancora molto male. Clint controllava spesso sua madre per accertarsi che stesse bene. Non pensava che fosse pronta per questo viaggio ed era preoccupato per le sue ferite da ustione.

Mentre arrancavano, la foschia aveva iniziato a formarsi sul fiume e a spostarsi verso le rive. Clint si preoccupò che impedisse loro di vedere i pericoli.

"Grek... grek... fermiamoci", chiamò per fare una sosta.

Avrebbero controllato la sicurezza della giungla e vi sarebbero rimasti fino a quando l'aria non fosse stata pulita. Mentre Clint controllava, una nuvola nebbiosa iniziava a formarsi intorno al catafalco che trasportava Ana. La foschia si fece sempre più densa fino a diventare una nube bianca che avvolgeva completamente il catafalco. Il catafalco era ormai invisibile, avvolto nel bianco. Ana si era appena svegliata da un sogno. Pensò: 'Ricordo una nube bianca come questa, questo candore. È successo tanto tempo fa, eppure ricordo... ooooh...' Provò una sensazione nuova. Si sentiva come se la vita stesse lasciando il suo corpo, come se la nube l'avesse assorbita.

Fuori, nel gruppo, si udivano grida di incredulità.

"Ohoo…? Da dove viene questa nube?" Ahah, scioccata, parlò per prima: "Oh no! Dove sei, mamma? Non riusciamo a vederti. Sei completamente nascosta."

"Che sta succedendo?" Clint era tornato alla riva del fiume: "Che sta succedendo?"

I quattro che trasportavano il catafalco erano sprofondati nell'erba. Un silenzio scioccato incombeva su tutta la scena. Poi, davanti ai loro occhi, la nube bianca si alzò lentamente nell'aria. Fluttuò sopra gli alberi e, con crescente velocità, si lanciò nel cielo. Si udirono sospiri di stupore; gli occhi di ogni Pelo Scuro la seguirono finché non divenne un puntino tra le nuvole.

Il catafalco di Ana si trovava dove era stato lasciato cadere. Clint si inginocchiò nell'erba accanto a sua madre. Si chinò su di lei e vide che aveva gli occhi e la bocca chiusi. Toccò il braccio di sua madre. Sotto i peli, la sua pelle era fredda. Toccò la fronte di sua madre. Anch'essa era fredda. 'Come hai fatto a raffreddarti all'improvviso, mamma?' pensò, poi si rese conto, con orrore, che sua madre era morta. La vita aveva lasciato il corpo di sua madre. Clint si sentì raggelare. Scoppiò in singhiozzi incontrollabili. Le sue sorelle e sua figlia Alma si unirono a lui. Le femmine si gettarono nell'erba accanto al catafalco e iniziarono a piangere forte. I Pelo Scuro maschi, Creep, Ceel, il piccolo Craam e tutti i Cee Persh si affollarono intorno a loro e si unirono al loro pianto. Clint pensò: 'Non vedremo mai più la nostra amata madre viva?'

I singhiozzi e i lamenti continuarono a lungo.

Poi Clint gridò ad alta voce: "Oh, mamma, continueremo a cercare il nido di Faccia Bianca. Lì troveremo la tua vita. Stai al sicuro fino a quando non ti raggiungeremo in quel nido."

Ahah singhiozzò lei: "Oh, mamma, ci manchi tanto. Aspettaci; veniamo da te."

58 - COSA ERA SUCCESSO?

Durante il suo dolore, Clint riuscì a formulare una domanda per la madre che non c'era più.

"Oh, mamma," chiese al suo corpo senza vita, "è stato il fatto che non siamo riusciti a trovare i dispersi che alla fine ti ha portato a lasciarci? Ma abbiamo continuato a seguire il fiume. Non c'era più nulla da fare. Ci dispiace tanto che non sei riuscita a raggiungere il nido di Faccia Bianca."

Quando Clint finalmente tornò in sé, si alzò dall'erba.

Disse: "Avvolgiamo il corpo della mamma in una buona corteccia e portiamola nella parte più alta degli alberi. La Voce potrebbe venire a incontrarla lì."

Dopo aver fatto un nido nella parte più alta degli alberi, Clint, suo fratello Creep e due Cee Persh anziani portarono il corpo di Ana al nido. La bara di corteccia era legata con piante rampicanti per evitare che il vento la portasse via. Prima di scendere per raggiungere gli altri alla riva del fiume, Creep guardò attraverso la copertura fogliare verso le colline che situate al di là.

"Oh, guarda! In lontananza, oltre le colline viola, c'è una foresta verde che sembra risplendere. Chissà se la nonna sta andando lì."

"Sì, Creep, lo vedo. Forse la mamma ha appena mancato il bersaglio. Che tristezza", disse Clint.

Poi, dopo aver fissato in silenzio il luogo in cui giaceva il corpo di Ana, tornarono in riva al fiume e si unirono agli altri. Clint sentì una voce parlare dentro di lui. Era la Voce Melodiosa, quella di cui parlava spesso sua madre.

Le Voce Melodiosa disse: "...Abbiamo portato tua madre da noi. Con noi è a casa. Ha finito il suo lavoro..." La Voce Melodiosa continuò: "...Tu prenderai il suo posto. Presto ci potremo incontrare..."

Clint avrebbe continuato la missione di sua madre: trovare il nido di Faccia Bianca.

59 - LA VALLE

Clint sentiva un grande vuoto ora che sua madre non era più con loro. Pensò: 'Forse ora è da qualche parte con i suoi familiari scomparsi.' Aveva ereditato la Voce Melodiosa che le parlava.

"..."Presto ci rivedremo..." , il disse ora.

Queste parole lo confortarono e gli diedero la forza di continuare. Avrebbe continuato a cercare il nido di Faccia Bianca.

Si rimisero in fila e ripresero la marcia, costeggiando il fiume e la giungla. Il fiume svoltava bruscamente davanti ai piedi di un monte. Clint decise di lasciare il fiume e dirigersi verso il Sole di mezzogiorno. Vide un varco nella giungla e quella che sembrava una valle sul lato un monte.

Indicò e gridò: "Andiamo da quella parte... graw... graw".

Si diressero verso valle e raggiunsero il primo pendio in discesa.

Clint chiamò: "Grek... grek... fermiamoci."

Vedeva che la valle era profonda e buia.

"Non ti sembra pericolosa?" disse Ahah, in piedi al suo fianco.

Era sempre stata la più cauta dei due.

Clint rispose: "Non riesco a immaginare che gli animali giganti delle praterie possano vivere in un posto così buio. Quegli animali amano la luce del sole e gli spazi aperti. Penso che andrà tutto bene."

Gridò di nuovo: "Graw... graw... proseguiamo. Proseguiamo finché arriviamo dall'altra parte."

Il terreno scendeva verso valle. Camminare era facile e la colonna era riparata tra alte scogliere. Sebbene nel cielo si stessero formando nubi cariche di pioggia, Clint non era preoccupato. Vide che un lato della valle era fittamente ricoperto di alberi. Si sarebbero potuti riparare là in caso di pioggia.

Non passò molto tempo prima che iniziasse a piovere.

Clint chiamò: "Graak... trovate un riparo."

Aveva intuito che sarebbe potuto piovere. Si spostarono tra gli alberi, ma sempre diretti verso la fine della valle. Muovendosi tra le sterpaglie e ondeggiando tra i tronchi d'albero, sicuramente avevano rallentato, ma almeno erano all'asciutto. Gli unici animali che incontrarono erano minuscoli e si allontanarono di corsa.

Man mano che il gruppo avanzava, la pioggia divenne sempre più intensa e torrenziale. Dall'alto cadevano grandi gocce e l'acqua cominciava a scorrere tra gli alberi e e a vorticare intorno ai piedi dei viaggiatori. L'acqua si alzò fino al livello delle ginocchia degli adulti.

Un piccolo Persh strillò: "Grruh...!" e scivolò sotto la superficie.

Mentre veniva tirata su, Ahah si accorse del pericolo.

Gridò: "Grrah...arrampicatevi."

"Arrampicatevi sugli alberi", aggiunse Clint.

60 - L'ALLUVIONE

Mentre il gruppo si arrampicava sugli alberi, l'acqua continuava a salire. Portando i più deboli sulle spalle, gli adulti salivano di ramo in ramo, sempre più in alto. La foresta echeggiava di grida di paura mentre si arrampicavano per rimanere al di sopra dell'ondata. I Cee Persh, che erano più bravi dei Pelo Scuro ad arrampicarsi, raggiunsero per primi le cime degli alberi. Ma quando i rami iniziarono a piegarsi e rompersi sotto il loro peso, furono i primi a cadere nelle acque in innalzamento. Per rimanere a galla si aggrappavano a qualsiasi ramoscello che riuscissero a trovare.

Tra i rumori dell'acqua che si infiltrava tra i rami più alti si udivano grida di "Aiuto... aiuto!" dei Pelo Scuro più piccoli e grida di "Graak... graak!" dei Persh più piccoli.

Quando l'acqua superò le foglie più alte e continuò a salire, non c'era più nulla a cui aggrapparsi. Le braccia si agitarono sulla superficie. I Pelo Scuro e Cee Persh si aggrapparono l'uno all'altro, ma tutti affondarono. L'acqua veniva ora sollevata in ondate da quella che stava diventando una burrasca.

Una dopo l'altra, le teste scomparivano. Uno dopo l'altro, ansimavano e gorgogliavano fino al silenzio.

Clint fu uno degli ultimi ad annegare. Un grosso uccello era atterrato sulla sua testa e lo spinse sotto la superficie.

Le uniche creature rimaste a lottare tra le onde erano i piccoli animali della foresta e, per pura provvidenza, un giovane Dark Fur. Lui era riuscito a salvarsi aggrappandosi a un ramo marcescente. Si muoveva su e giù tra le onde agitate e la pioggia scrosciante. Le sue urla ovattate di "Aiuto... aiuto... aiuto!" si persero nel vento ululante.

Il giovane Pelo Scuro era Craam, il secondo pronipote di Ana. Lottò per sopravvivere, aggrappandosi al suo ramo fino a quando il vento e la pioggia iniziarono ad attenuarsi, trovò una grande roccia e riuscì ad appollaiarsi lì, tremando per lo shock.

61 - IL SOPRAVVISSUTO

Quando la tempesta si placò, Craam si trovò sul bordo di un enorme lago che si estendeva tra due scogliere: i lati della valle. Non c'era traccia della foresta. C'era un silenzio mortale, interrotto di tanto in tanto dall'urlo di un uccello. Rimase aggrappato a una roccia per tutto il resto della giornata e fino alla notte successiva.

L'alba successiva, l'acqua si era ritirata e Craam vide i corpi di Clint e del suo giovane cugino Ahee. Due Persh erano appesi agli alberi. Non c'era traccia di nessuno degli altri. Gli uccelli gracchianti si librarono e cominciarono a scendere in picchiata verso di lui. Quando si rese conto di essere completamente solo, salì su un terreno più alto, si sedette e incrociò le braccia sulle ginocchia. Abbassò la testa e si mise a piangere per la solitudine. 'Cosa mi succederà adesso?' pensò. Era circondato da pozze d'acqua e vicino al corpo di un animaletto. Gli venne in mente la tomba d'acqua dove giaceva la sua famiglia.

Poi udì una voce dentro di sé: "...Tu, Craam, sei sopravvissuto alle acque. Continua così, piccolino... A presto..."

Mentre il Sole sorgeva, lui si avviò nella sua direzione. Sapeva che la sua bisnonna cercava il nido di

Faccia Bianca. Ora il suo unico obiettivo sarebbe stato quello di continuare a cercarlo. Sarebbe andato nella direzione in cui pensava si trovasse il nido. Lì avrebbe potuto trovare aiuto. Si fece strada arrampicandosi su tronchi d'albero caduti e costeggiando pozze profonde d'acqua fangosa. Al tramonto, si arrampicò su un albero e trovò un posatoio su cui dormire.

L'alba seguente, dopo un pasto a base di foglie e bacche, si avviò di nuovo verso il Sole nascente. Un branco di animali quadrupedi gli corse davanti e si disperse mentre lui passava. Alla sua destra vedeva un monte lontano. Lo avrebbe usato come punto di riferimento.

62 - UNO STRANO INCONTRO

Su un'altura, Craam si imbatté in un corpo disteso sull'erba appiattita tra pozze d'acqua. Vide che era il corpo di un Pelo Scuro che indossava una gonna d'erba sporca di fango. Il corpo era sdraiato sulla schiena. 'Quella è una femmina,' pensò Craam, 'una femmina di Pelo Scuro.' La femmina aveva gli occhi chiusi come se dormisse... o fosse morta. Craam si fermò accanto al corpo e si mise a piangere. Il suo petto era scosso da grandi singhiozzi. Non si accorse che gli occhi della femmina si aprirono e il suo corpo si girò su un fianco.

"Che cosa ci fai qui? Chi sei? Indossi una gonna d'erba!" strillò la femmina.

Craam rimase scioccato, fece un passo indietro e fissò la nuova arrivata.

"Sto bene... sono... un Pelo Scuro, ma ho perso tutta la mia famiglia. Sono annegati nel diluvio."

"Oh, è terribile", disse la femmina, "anch'io sono una Capelli Scuri. Ho perso tutta la mia famiglia, i miei zii, mia sorella, mio fratello, un cugino, una nipote e tutti i nostri Capelli Chiari. Sono annegati tutti in un terribile fiume di fango dall'altra parte di quella montagna. L'intero fianco della montagna è stato spazzato via da una pioggia torrenziale. La mia piccola è stata spazzata via."

Indicò un monte giallo sopra la sua spalla.

"Non riuscivo ad andare avanti. Pensavo che sarei potuta morire di dolore qui."

Si allungò per abbracciare Craam e si rese conto di essere più alta di lui. Lui aveva circa le stesse dimensioni della sua giovane nipote Alaha.

"Oh, sei alto come Alaha!" disse lei.

Il suo abbraccio donò a Craam una sensazione di sollievo. Rimase sbalordito. Non riusciva a dire niente. Si limitò a fissare la sconosciuta e poi si sedette stordito.

"Sono contenta che tu sia qui. Spero che tu possa aiutarmi," disse la femmina. "Secondo te, cosa dovremmo fare?"

Riavendosi, Craam disse: "Sono diretto al nido di Faccia Bianca. Questo era ciò che cercava la mia bisnonna e io continuerò la sua ricerca."

"L'hanno chiamata Ana, vero? Lei... è mia nonna. Penso che sia stata la prima Pelo Scuro come noi," disse la femmina. "Se n'è andata? Potremmo essere i soli Pelo Scuro rimasti. Come ti chiami?"

"Mi chiamo Craam."

"Oh, hai un bel nome. Io mi chiamo Ahee."

"Quando ho perso la mia famiglia", disse Craam, "ho sentito una voce dentro di me che diceva: '... Continua così... Ci vedremo presto... continua... così."

"Allora andiamo avanti," disse Ahee, "laggiù vedo una giunga alta. Forse è lì che si trova il nido di Faccia Bianca."

63 - I LONTANI CUGINI

Craam e Ahee attraversano un campo martoriato dalla tempesta di fronte a una giungla buia. Erano diretti dove pensavano che potesse annidarsi Faccia Bianca. Entrambi portavano sulle spalle il peso di una grave perdita e si curavano poco di ciò che li circondava. Mentre entravano nella boscaglia, non pensavano al pericolo. Raccolsero foglie e bacche da mangiare e si sedettero alla base di un albero. Ignorando il chiacchiericcio delle scimmie tra gli alberi sopra di loro, condivisero in silenzio il dolore della perdita. Mordicchiarono foglie e bacche.

In silenzio, una grande sfera traslucida si diresse verso di loro ondeggiando tra gli alberi. Con la coda dell'occhio, Ahee notò il movimento.

"Ohh...!" esclamò alzandosi in piedi.

La sfera si avvicinò e si fermò davanti alla coppia. All'interno si vedevano una figura bianca alta e luminosa e una figura verde pallido più piccola. La figura alta iniziò a parlare.

"Salve, Ahee e Craam. Stiamo attraversando la vostra epoca e il vostro posto e percepiamo nei nostri spiriti che state soffrendo il grande dolore della perdita. Possiamo aiutarvi in qualche modo?"

"Chi…chi siete? Come fate a sapere i nostri nomi?" chiese Ahee.

"Sono l'Angelo Absolin e qui con me c'è l'Angelo Verde Pallido. Per quanto riguarda i vostri nomi, abbiamo modo di sapere certe cose. Ditemi, cosa è successo qui?"

"Oh, Angelo, abbiamo perso tutti nostri familiari, tutti i nostri cari. Siamo sopraffatti dal dolore."

"Capisco, ma non temete: tutti coloro che credete perduti sono al sicuro. I loro spiriti e pensieri si trovano ora in un luogo di armonia e tranquillità. E per quanto riguarda voi, abbiamo il potere di rendere agevole il vostro percorso."

A quel punto, l'Angelo alto si chinò verso l'Angelo Verde Pallido e sussurrò qualcosa. L'Angelo Verde Pallido uscì dal globo, spiegò le ali e volò via tra gli alberi.

"Non so cosa vi riserverà il futuro, miei cari. Per ora, la pace entrerà nelle vostre vite e il peso della vostra sofferenza sarà alleviato. Ma non posso trattenermi. Ho dei doveri da compiere. Devo salutarvi."

La sfera traslucida si sollevò e si allontanò. Scomparve muovendosi a zig-zag tra gli alberi. Ahee e Craam rimasero a bocca aperta, con la schiena appoggiata all'albero. Poi si sedettero e pensarono a quello che era appena successo, decidendo di proseguire il percorso che avevano iniziato.

"Vedo una radura oltre questi alberi. Continuiamo da quella parte", disse Craam. "Sembra che quella giungla sia più facile da attraversare."

Mentre scendevano in una valle, furono circondati dal cinguettio melodioso degli uccelli esotici che volavano avanti e indietro. Grandi animali sbirciavano tra i tronchi degli alberi. La coppia era osservata da volti con occhi grandi, ma nessun animale emerse per minacciarli. L'aria era pervasa dal profumo di una moltitudine di fiori.

"..."Benvenuti in un giardino di pace e tranquillità, piccoli miei..." una voce melodiosa vibrò nell'aria.

"Hai sentito quella voce?" chiese Craam.

"Sì, l'ho sentita, Craam... una bella voce."

I due attraversarono un avvallamento di muschio verde fino a una collinetta erbosa e si sedettero per riposare. Qui erano circondati da molte varietà di alberi da frutto. Ahee fu deliziata dall'abbondanza di frutti succulenti, si voltò verso suo cugino e disse: "Oh, Craam... grazie per avermi trovato."

64 - UN CLIMA MOLTO DIVERSO

Edoardo Esposito doveva ispezionare l'array di antenne numero 4 alle 22:00. Da due giorni perdurava una tempesta di polvere, ma le tempeste di polvere non potevano interferire con la manutenzione programmata. Alle 22:00, uscì sulla passerella che conduceva alle Antenne. Attraverso la coltre di polvere, riuscì a scorgere la sagoma del primo insediamento al di là dei piloni e una debole sagoma del bordo del cratere. Prima di iniziare la prima ispezione, estrasse dalla tasca della gamba destra il Piatto di Registrazione. Scacciò di nuovo dalla mente quei pensieri invadenti sul visitare la Vecchia Venezia con la sua famiglia.

Esposito ispezionò le antenne una dopo l'altra. Tutte le comunicazioni con la Terra dipendevano dal loro perfetto funzionamento. Non si poteva trascurare nulla. Un lieve tremore del suolo avrebbe potuto disallineare un'antenna. Una volta completate e registrate le ispezioni, Esposito si diresse verso il portellone D e la cabina di depolverizzazione. Terminata la depolverizzazione, entrò nell'ascensore e lasciò che la porta si chiudesse.

Proprio mentre diceva "Quarto piano", una fiamma balenò davanti alla sua visiera.

Premette il pulsante Discesa di emergenza e attese per una frazione di secondo che l'ascensore scendesse. Sentiva già il fuoco bruciare attraverso la tuta di compressione. I suoi polmoni si sarebbero riempiti di fiamme se non avesse indossato il casco. Al quarto piano, la porta si aprì. Un addetto alla sicurezza della stazione era già in attesa con il suo estintore. Il suo getto fermò l'incendio nell'ascensore. Forse la vita di Esposito era stata risparmiata.

Tolto il casco, Esposito fu portato di corsa all'infermeria più vicina. Nonostante il dolore straziante, si fece forza per non crollare sul pavimento. Rimase in piedi mentre due infermiere tagliavano via con cura i frammenti della sua tuta dove le ustioni trasudavano. Era arrivato un medico, il quale aveva deciso che Esposito, avendo più del 50% del corpo coperto da ustioni, rischiava di non sopravvivere. Ancora prima che la tuta fosse stata completamente rimossa, il medico iniziò a curarlo. Trattò le parti esposte del corpo di Esposito con un raggio curativo per ustioni.

Quando la tuta fu interamente rimossa e il trattamento di emergenza completato, quattro assistenti medici sollevarono Esposito su un cuscino d'aria di raffreddamento. Questo cuscino avrebbe sostenuto il paziente fino alla guarigione. Un'infermiera lo collegò ai monitor e alle fonti di fluidi. Il medico controllò nuovamente il paziente alla ricerca di segni di vita.

Prima di andarsene, disse: "Farò venire un cappellano cristiano... buonanotte, Infermiera Jones".

Dopo un po', un cappellano entrò nell'infermeria. Si fermò accanto al paziente ormai in coma e lesse un brano di un libro.

65 - UNA STRANA NUBE

Le équipe mediche lavoravano su turni di otto ore. Nell'infermeria, l'infermiera notturna era seduta a leggere un libro mentre teneva sotto controllo le condizioni di Esposito. Mentre leggeva, notò che intorno al suo libro si stava formando una foschia. Dopo avere riempito l'infermeria, la foschia si raccolse intorno a Esposito e avvolse il suo corpo in una nube bianca. L'infermiera notturna rimase impietrita per qualche istante prima di chiamare un medico.

"Dottor Ngolo, qui sta succedendo qualcosa di strano. Il paziente è scomparso in una nube bianca. Per favore venga a vedere."

Il dottor Ngolo impiegò tre minuti per raggiungere l'infermeria. Quando entrò, vide il corpo del paziente fluttuare come prima.

"Oh, dottor Ngolo, la nube è scomparsa ma giuro che era lì, intorno al paziente."

"Beh, non è forse lei quella strana," disse il medico. "Diamo un'occhiata."

Ci fu una pausa.

Poi disse: "Oh, caspita..." la sua voce vacillò, "Le lesioni sono scomparse. È come se non ci fossero mai state ustioni. Non ho mai visto accadere nulla di simile.

Pensavo persino che rischiasse di non sopravvivere. Chiamiamo il cappellano e sentiamo il suo parere."

Quando il cappellano arrivò, chiese: "Cos'è successo? Il dottor Ngolo vuole farmi vedere qualcosa. Cos'è successo, infermiera?" Esposito ora si era alzato a sedere sul bordo di una barella.

"Allora, reverendo Chaudary, sono l'infermiera Ayana; mentre ero seduta accanto ai monitor, l'infermeria si è riempita di nebbia. La nebbia ha vorticato fino a formare una nube bianca intorno al paziente. Il signor Esposito aveva ustioni su più del 50% del corpo, e temevamo che non sopravvivesse. Era sdraiato sulla barella fresca a cuscino d'aria. La nube è rimasta forse per un minuto e poi è scomparsa attraverso quel muro. Ha attraversato il muro", continuò facendo un respiro profondo, "Quando è arrivato il dottor Ngolo, si aspettava di vedere un paziente con lesioni gravi. Ma non ha trovato nessun segno di ferite e ha detto di non aver mai visto nulla di simile. Non se lo spiegava. È stato allora che ha chiamato lei."

"Buongiorno, reverendo. Grazie per essere venuto... Non mi ricordo nulla. Mi avevano messo completamente al tappeto...Ricordo un dolore terribile, ma poi nient'altro. Secondo lei, come ho fatto a guarire?"

"C'era qualcos'altro? Qualche sensazione insolita?" chiese il cappellano.

"Nient'altro", rispose Esposito. "Vede, io non sono religioso, ma mi sembra che sia stato una specie di miracolo…Infermiera, lei è religiosa?"

"Non molto; lei cosa ne pensa, reverendo?"

"Beh, non posso esprimere alcun tipo di giudizio perché non ho visto nulla. Ma la ricorderò nelle mie preghiere. Posso fare qualcosa per lei? Posso portarle qualcosa dal Cafekamra?"

"In effetti ho fame, reverendo. Gradirei molto un Samosa e un Kombucha caldo. Grazie."

Quando il cappellano tornò con lo spuntino, disse: "Ho appena ricevuto un'altra chiamata, ma tornerò tra un po'."

66 - UN MALINTESO

Il turno di notte proseguì. Edoardo Esposito rimase seduto nudo sul bordo della barella. Il suo corpo non mostrava alcun segno di ferite da ustione.

Borbottò tra sé e sé: "Cosa mi è successo? Mi sento diverso… leggero e sereno. Che dolore terribile avevo... pensavano che stessi per morire."

Guardò l'infermiera notturna che stava frugando tra i vestiti in un armadio verticale.

"Infermiera Ayana, secondo lei cosa mi è successo? Ne ha qualche idea? Mi sento completamente rigenerato."

Esposito lanciò un'occhiata a un piano di lavoro: "Cos'è quel libro verde laggiù? Può passarmelo, per favore?"

L'infermiera Ayana si allontanò dall'armadio e passò il libro a Esposito.

"È una Bibbia di Gedeone", disse, "Può mettersi questa vestaglia, signore? Gliela lascio qui sulla sedia."

Esposito si aprì il libro sulle ginocchia. Il libro si era aperto da qualche parte a metà, e lo sguardo di Esposito si spostò su un paio di righe che attirarono la sua attenzione. "Volgetevi a udire la mia riprensione; ecco, io farò sgorgare su voi lo spirito mio, vi farò conoscere le mie parole. Ma poiché, quand'ho chiamato avete rifiutato..."

Dopo una pausa, disse: "Infermiera, potrebbe richiamare il cappellano? Voglio chiedergli una cosa."

Poco dopo, il cappellano Chaudary tornò.

Si avvicinò a Esposito e disse: "Come si sente ora, Edoardo?"

"Cappellano, mi sento benissimo. Mi è successa una cosa incredibile. Quando l'infermiera Ayana mi ha portato questa Bibbia, qualcosa ha attirato la mia attenzione. Penso che sia un brano dei Proverbi. Ora sento che forse Dio ha fatto qualcosa per me e non so come rispondere."

"Beh, Edoardo, in base a quello che mi ha raccontato l'infermiera Ayana, lei potrebbe avere avuto quella che chiamiamo una guarigione miracolosa. Vediamo se possiamo dare un senso al brano che ha appena letto."

"Reverendo, perché indossa un abito nero sotto il camice? Pensavo che il dottore avesse chiesto un cappellano cristiano...Non vorrei essere offensivo, ma lei deve essere musulmano o indù. Non ci sono cappellani cristiani su Marte?"

"Vede, Edoardo, io sono un monaco cristiano. Noi monaci benedettini siamo in tre qui su Marte. Formiamo una piccola comunità."

"Ma se lei è un monaco, probabilmente è cattolico. Quando ero ragazzo, gli studenti cattolici ci insultavano quando uscivamo dalla cappella. Prima di venire qui, ricordo di aver sperato che non ci fossero cattolici nel progetto Marte. Come possono aspettarsi che io parli con lei? Sono protestante", disse Esposito infuriato.

"Edoardo, mi dispiace molto se è stato offeso da qualche cattolico. Dal suo accento, immagino che lei sia italiano. Non so molto sulla storia d'Italia. So che ci sono stati attriti tra protestanti e cattolici in alcune parti d'Europa. La situazione è davvero triste. Ma Edoardo, sono stato addestrato per fare da cappellano per chiunque su Marte. Prometto che non lascerò mai che la religione interferisca nel mio rapporto con lei, mai. Ora, le andrebbe di parlarmi della sua esperienza?"

"Va bene, cappellano, sarò tollerante finché manterrà tutto ciò che riguarda la Vera Fede. Ma voialtri non sapete nulla sulla Bibbia. Non è vero?"

"No, Edoardo, non è vero. In realtà, la Bibbia è, come si diceva un tempo, il nostro chai e chapati! Durante la nostra formazione, dedichiamo molti mesi allo studio della Bibbia. Adesso, perché non si procura dei vestiti, così poi possiamo andare insieme nella Sala di Preghiera a parlare di tutto questo?"

L'infermiera Ayana lo interruppe: "Ho appena sentito quello che ha detto il cappellano Chaudary, signor Esposito. Le prendo subito un vestito."

L'infermiera notturna aprì un armadietto e tirò fuori un completo da riposo. Lo posò accanto alla vestaglia.

"Dunque, sediamoci qui", disse il cappellano Chaudary, "sono contento che lei abbia portato la Bibbia di cui parlava. Possiamo aprire la pagina che stava guardando. Potrebbe leggermi la parte che ha attirato la sua attenzione?"

"Certo, versetto 23...'Volgetevi a udire la mia riprensione; ecco, io farò sgorgare su voi lo spirito mio, vi farò conoscere le mie parole. Ma poiché, quand'ho chiamato avete rifiutato...'"

"Dunque, Edoardo, sembra implicare che l'ascoltatore sia stato ammonito da Dio. Ma se si rivolge a Lui, riceverà la conoscenza di cui ha bisogno. Per lei questo ha un significato?"

Esposito parlò dopo una lunga pausa.

"Credo che quella sofferenza mi potrebbe essere giunta come un avvertimento, come se non riconoscessi Dio. Rischio di perdere la Sua guida nella mia vita... e nel mio futuro? Secondo lei, qual è la cosa migliore che potrei fare?"

"Edoardo, lei pensa di poter parlare a Dio con parole sue? Forse per chiedergli scusa della sua lontananza da Lui. Dio ascolta sempre." Mentre parlava, il cappellano porse a Esposito una carta: "Su questo biglietto c'è il Padre Nostro. Potrebbe iniziare a recitare questa preghiera durante il giorno. Inoltre, potrebbe continuare a leggere i brani della Bibbia che le interessano. Questo per lei ha senso?"

"Certo, cappellano. La ringrazio per l'aiuto. Penso che lei sarebbe un ottimo protestante."

"Grazie per il complimento. Lo dirò al mio superiore... Ora perché non rimane qui nella Sala della Preghiera e pensa a tutto quello che le è successo e a quel Proverbio," disse il cappellano. "Ah, un'altra cosa, da quale parte d'Italia proviene? È l'Italia, vero? Se sta per tornare a casa, vorrei metterla in contatto con un mio confratello. Uno che potrebbe aiutarla a continuare il suo percorso con Dio."

"Sì, vengo dall'Italia. Ci sono dei monaci lì?"

"Sì, credo che ci sia una nostra comunità a Trento, nel nord Italia. Lei abita vicino a quella città?"

"Sì, vivo a Padova, ad appena un'ora di macchina."

"Che coincidenza! Credo che almeno una parrocchia di Padova sia amministrata da noi benedettini. Contatterò la Terra e le farò avere il nome di un monaco che le potrebbe essere d'aiuto."

"Grazie, cappellano. È una bella coincidenza."

Il cappellano si alzò per uscire.

"Ora la lascio alla sua meditazione. Possiamo vederci più tardi, così le darò i recapiti di quel monaco."

68 - NAVETTA PER CASA

La navetta che portava al trasportatore spaziale per i viaggi sulla Terra poteva ospitare venti viaggiatori. Portava anche carburante e rifornimenti per il trasportatore. Edoardo Esposito, il cui nome era nell'ultima lista di viaggiatori, mandò un messaggio alla moglie per comunicarle che stava tornando a casa. Inviò un messaggio anche al signor Josipovic e a quelli del centro Planetario di Padova. Li aveva tenuti aggiornati sulle sue esperienze.

Quando giunse il momento, Esposito fu legato saldamente in una capsula antiurto. La navetta attraversò il Barile Lanciatore e fu lanciata nello Spazio. Lui percepiva una leggera forza G, ma niente di simile a quelle che si sentono lasciando la Terra. Non appena la navetta attraccò sotto il trasportatore spaziale, i passeggeri recuperarono i loro effetti personali e li trasferirono tramite il connettore.

La prima cosa che fece Esposito fu individuare le strutture in cui avrebbe trascorso il viaggio verso la Terra. Poi trovò posto a sedere vicino a una porta di visualizzazione. Ci sarebbero volute 24 ore prima che il trasportatore spaziale lasciasse l'orbita di Marte. A bordo c'era molto da fare, soprattutto attività per tenersi in forma. Ma Edoardo Esposito aveva solo voglia di rilassarsi e osservare Marte mentre passava sotto di lui. Era un po' triste perché probabilmente non l'avrebbe mai più visto da vicino.

69 - PADOVA, ITALIA

Greta chiamò i suoi figli: "Alisa e Riccardo, hanno appena annunciato che il trasporto da Marte è arrivato al Centro Spaziale di Pondicherry. Dopo la visita medica, papà sarà di ritorno. Sarà fantastico riaverlo a casa."

"Quanto tempo gli ci vorrà per arrivare qui, mamma?" chiese Riccardo.

"Probabilmente sarà qui domani, tesoro. Ce lo farà sapere. Alisa, puoi fare un salto da Sousa in Vicolo Massimo? Il bel boccale da birra Moretti di papà si è rotto mentre facevo le pulizie. Penso che la versione di Sousa gli somigli. Ti do cinquanta nuove lire, che dovrebbero bastare... Sai dov'è Sousa?

"Sì mamma, lo so. Svolto a destra al primo angolo e continuo."

"Puoi andare con lei, Riccardo? È più sicuro."

Fratello e sorella si avviarono verso Vicolo San Massimo. Era da tempo che Alisa non percorreva quel vicolo. Di solito trascorreva il suo tempo libero a giocare nei giardini del Planetario con gli amici dei bungalow.

Mentre giravano l'angolo, Alisa disse all'improvviso: "Oh, cos'è quello? Sembra un angelo."

Attraverso un alto recinto di metallo vide la statua di un angelo. Senza dire una parola a Riccardo, Alisa si infilò in un cancello aperto e saltò attraverso un piazzale. Gettò le braccia intorno alla statua e rimase aggrappata finché Riccardo non la raggiunse.

"Quella è la statua di un angelo", disse Riccardo. "Questa è una cappella cattolica. Sai cosa dice papà dei cattolici?"

"Beh, non importa; passavo di qui spesso quando andavo ancora all'asilo. Non l'avevo mai notata. È meravigliosa, ma non come quelli veri."

"Sì, credo che tu abbia ragione," disse suo fratello.

"La porta è semiaperta. Vado a dare un'occhiata dentro."

"Ma questa è una cappella cattolica", disse Riccardo, "papà non ci permetterebbe mai di avvicinarci".

"Tu resta qui. Vado a dare un'occhiata."

Alisa attraversò con cautela la porta ed entrò in un atrio. Poi aprì una porta interna e si guardò intorno. 'Oh, c'è un altro angelo,' pensò, 'Vado ad abbracciare anche quello.'. Dopo essersi aggrappata a questa statua per un po' e averle dato un bacio sul lato della testa, tornò da Riccardo con la mente che vorticava.

"Com'era dentro?"

Ma Alisa gli toccò il braccio e si avviarono verso il negozio di Sousa.

Sulla strada verso casa, Alisa si fermò in silenzio e fissò il primo angelo attraverso la recinzione. Suo fratello era in piedi accanto a lei e si chiedeva cosa stesse succedendo. Pensò: 'Forse le ragazze trovano sempre attraenti gli angeli.'

Quando tornarono a casa, la madre disse: "Quel boccale va bene, Alisa. Quando arriva papà, gli daremo il benvenuto con dei buoni bigoli con l'arna e una birra."

70 - ARRIVO A CASA

L'Argento Actrotaxi del Drome Globale di Padova giunse in Via San Massimo. La moglie e i figli di Esposito erano pronti ad accogliere papà. Erano passati trenta mesi dalla sua partenza per Marte. Non avevano avuto molte sue notizie. La comunicazione tra i due pianeti era inaffidabile.

Alisa fu la prima a parlare e a gettarsi tra le braccia di suo padre.

"Oh, papà, bentornato a casa. Ci sei mancato tanto."

Mentre Esposito abbracciava calorosamente la moglie, i figli si unirono nell'abbraccio.

"Edoardo, tesoro, siamo tanto felici di riaverti qui. Siamo tanto contenti di riavere papà a casa."

L'ingegnere del team ausiliario di Marte raccolse la sua borsa da viaggio e tutti si diressero verso l'appartamento. Mentre camminavano, la piccola Alisa gli afferrò la mano.

In un'atmosfera di pura gioia, la famiglia si sedette a tavola per gustare i bigoli con l'arna. Edoardo Esposito cercò di scegliere le storie di Marte più interessanti da raccontare tra tutto ciò che gli era accaduto. Non disse nulla del suo incontro ravvicinato con la morte. Lo avrebbe detto solo a Greta, ma in un altro momento.

71 - COLAZIONE TERRESTRE

Nel suo secondo giorno a Padova, Edoardo Esposito dormì fino a mezzogiorno. Greta gli offrì la sua prima colazione all'italiana dopo trenta mesi.

"È meraviglioso fare una colazione terrestre dopo tutto questo tempo. Ehi, arance fresche e formaggi toscani! Su Marte, tutti i cibi sono semplice; i sapori sembrano essere aggiunti in un secondo momento. Questo caffè è proprio come lo ricordavo, Greta. Ha il sapore del vero caffè."

"Sono contenta che ti piaccia, Edoardo."

"Ottimo, cara," disse lui e, dopo una pausa, "mi fa piacere che tutto sia andato bene quando non c'ero. Oggi pomeriggio andrò al Planetario. Voglio che sappiano che sono tornato. Ho inviato loro relazioni su ciò che mi è successo su Marte."

"Oh, papà, posso venire anch'io? C'è una cosa nuova che vorrei mostrarti", disse Alisa.

"Certamente, Alisa, mettiamoci i giubbotti e andiamoci subito. Con permesso, Greta. Non ci metteremo troppo."

"No Nippi, tu non puoi venire. Il signor Josipovic non lascia entrare i cani nel Planetario."

Quando i due arrivarono alla reception, era di turno il signor Josipovic.

"Buon pomeriggio, Alisa. Vedo che ci hai riportato il nostro esploratore di Marte. Come sta, signor Esposito? Mi fa piacere rivederla."

"Sì, Josipovic. È bello essere di nuovo qui. Vorrei sapere se avete ricevuto le mie trasmissioni in modo chiaro. Ho sentito che le eruzioni solari interferiscono con alcune trasmissioni da Marte. A volte sono disturbate."

"Per quanto ne sappiamo, le sue trasmissioni sono giunte correttamente. Ci riuniamo regolarmente nella sala conferenze. Le persone esterne sono invitate a venire a condividere il materiale. Le immagini visive sono le preferite. C'è un intero gruppo di suoi fan di questa zona che se le divorano. Ora che lei è tornato, organizzeremo un seminario per il fine settimana. Ci farebbe molto piacere se potesse guidarlo lei."

"Ottima idea," disse Esposito, "mi faccia sapere quando."

"Andiamo nell'ufficio del signor D'Alberto. Gli farà piacere rivederla tutto intero. Potrebbe avere delle idee."

Il signor Josipovic gli fece strada.

72 - ROMPERE UN TABÙ

Quando Edoardo Esposito e Alisa si furono congedati dal personale del Planetario, Alisa tirò la manica di suo padre e disse: "Possiamo fare un'altra strada per tornare a casa? Voglio mostrarti una cosa che potrebbe piacerti."

"Va bene, andiamo"

Padre e figlia percorsero Via Alvise Cornaro e svoltarono a sinistra in Via San Massimo. Camminarono fino alla cappella all'angolo, dove Alisa aveva visto la statua dell'angelo.

"Papà, voglio mostrarti una cosa e spero che non rimarrai scioccato. È una statua che mi piace molto e si trova davanti a una cappella cattolica. Chissà cosa ne pensi. Pensi che non dovrebbe piacermi?"

"Non lo so, Alisa. Andiamo a vedere."

Quando raggiunsero la cappella, Alisa condusse il padre per mano, attraverso il cancello d'acciaio e il piazzale fino alla statua dell'angelo.

In tono scherzoso disse: "Signor Angelo, questo è il mio papà, il signor Edoardo."

Esposito stette al gioco, "Piacere di conoscerla, signor Angelo. Sono contento che lei renda felice la mia bambina."

"Papà, sono entrato dalla porta. Vuoi vedere com'è? C'è un altro angelo."

"Va bene, Alisa. Ti seguo."

I due entrarono nella cappella.

"Guarda, papà, c'è l'altro angelo. Non è carino?"

"…"Certamente", rispose lei suo padre guardandosi intorno.

Esposito vide file di sedili che si estendevano fino all'altra estremità dell'edificio.

Disse: "Sediamoci qui per un po'. Sembra un bel posto tranquillo. Spero che non sia vietato."

Padre e figlia si sedettero fianco a fianco su un lungo sedile mentre Alisa fissava la statua dell'angelo. Mosse la testa da un lato all'altro per avere una visione diversa. Esposito ricordò di avere in tasca la carta del Padre Nostro e lo tirò fuori.

Cominciò a leggere in silenzio: "Padre Nostro che sei nei cieli…".

Non si accorsero che una figura era emersa all'altra estremità dell'edificio. Mentre la figura si avvicinava a loro, Esposito alzò gli occhi. Pensò: 'Quello è un monaco. Che cosa ci fa qui? È reale? Ma certo, questa è una cappella cattolica.'

Il monaco si avvicinò a loro e disse: "Buongiorno, signore. Lei è Edoardo Esposito?"

"Sì, sono io."

"Ci hanno detto che sarebbe venuto. E questa è sua figlia?"

"Sì. Si chiama Alisa. E lei chi è, se posso chiederglielo?"

"Sono Dom Charlie Wong. Sono un benedettino. Mi fa molto piacere conoscervi. Senta, stiamo per prendere il tè del pomeriggio. Volete unirvi a noi?"

"Certo, ci piacerebbe molto," rispose Esposito.

"Seguitemi"

Alisa tenne la mano del padre mentre tutti e tre si dirigevano verso l'altra estremità della cappella. Il benedettino fece un rapido inchino verso il retro dell'edificio mentre uscivano da una porta laterale.

Fine.

SULL'AUTORE

L'autore è un architetto e anche un "fenomenologo" dilettante. È nato e cresciuto in Irlanda. Nel corso degli anni, ha visitato 4 continenti e diverse isole. Ha un profondo interesse per gli inizi delle cose che modellano il nostro mondo oggi.

Gerald P. Curran attualmente vive con sua moglie e anima gemella Nida Fe a Washington, Distretto di Columbia, USA.
Per contattare l'autore, si prega di utilizzare l'e-mail: geraldcurran@verizon.net (Le e-mail sono tradotte in inglese)

BIBLIOGRAFIA

Ross, H. (2008) Why The Universe Is The Way It Is.
(Perché l'universo è come è.) Disponibile online.

www.ingramcontent.com/pod-product-compliance
Lightning Source LLC
Chambersburg PA
CBHW071400100726
47908CB00004B/1049